물리적 오류 발생 보고서

덴마 어나더 에피소드 1

DENMA
ANOTHER EPISODE 1

물리적 오류 발생
보고서

dcdc 장편소설

네오
픽션

차 례

〈덴마〉의 외전 소설을 기획하고 있다는 이야기를 듣고, 나는 프리랜서 작가가 결코 해서는 안 될 한마디를 꺼내고 말았다. "전 〈덴마〉의 외전 소설을 쓰는 거면 돈 안 받고도 할 수 있어요." 당연히 돈은 받았지만—세상에는 상도덕과 시장질서 그리고 동료작가에 대한 예우가 있기에 무료 혹은 싼값으로 원고를 써서는 안 된다—그 순간은 진심이었다. 〈덴마〉라는 거대한 세계관의 일부가 될 수 있다면 내가 소설 한 권을 집필하는 정도야 손해는커녕 오히려 영광이자 이득이라 계산했기 때문이었다.

분명 막중한 책임을 요구하는 일이기는 했지만 자신도 있었다. 이 자리를 빌려 선언하건대 나보다 글을 잘 쓰는 SF작

7

가는 무척이나 많다. 나보다 〈덴마〉를 사랑하는 덴경대는 훨씬 더 많다. 하지만 〈덴마〉를 사랑하는 SF작가로 한정지을 경우, 나는 제법 높은 순위에 꼽힐 사람이라 자신한다. 애초에 이 dcdc라는 닉네임부터가 스포츠신문 사이트에서 연재되던 〈아색기가〉를 조금이라도 빨리 보기 위해 최대한 간단하게 타이핑할 수 있도록 만든 ID였다. 이후 이 ID를 필명으로 삼게 되리라고는, 또 양영순 작가님의 작품을 소설화하게 되리라고는 상상하지 못하고 만든 것이기는 했으나 하여튼 뭐 그렇다.

20세기 말과 21세기 초 한국 만화를 즐겨 읽은 독자에게 양영순 작가님은 각별한 의미를 가질 수밖에 없다. 〈누들누드〉나 〈아색기가〉처럼 대가리를 깨버리는 발상의 작품군에서 〈천일야화〉나 〈덴마〉처럼 광활한 대서사시를 담은 작품군까지 다양하고도 독특한 세계를 독보적인 화력으로 그려내는 양영순 작가님에게 어찌 주목하지 않을 수 있겠는가? 독자가 아닌 작가의 입장에서도 양영순 작가님은 감탄스럽기 그지없는 인물이다. 주 3회 연재라는 고된 일정을 몇 년째 지속한다는 것은 고작 잦은 지각으로 폄훼할 수 없는 위업이다. 단순히 작업량만 대단한 것도 아니다. 〈덴마〉라는 시리즈 안에 그려지는, 이제까지 쉽게 찾아볼 수 없던 거대한 세계관과 다양한 인간 드라마는 믿기지 않을 정도의 완성도를 자랑하니까.

그렇기에 이 〈덴마〉의 외전 소설은 나 개인의 작업이기보다는 양영순 작가님과 〈덴마〉에 대한 헌사가 되도록 목표했다. 나 따위의 장기자랑보다는 양영순 작가님의 족적을 따라가는 과정이 훨씬 더 의미가 있는 작업이 되리라 생각했기 때문이다. 그래서 이 외전 소설 시리즈 세 작품은 내가 개인적으로 파악한 양영순 작가님의, 〈덴마〉의 일면들을 순차적으로 담아내도록 기획한 바이다. 이 기획은 일종의 필연이나 다름없었다. 양영순 작가님은 언제나 명작을 만들었지만 그 명작들은 하나같이 하나같지가 않았다. 시대가 변화함에 따라 작가 스스로부터가 적극적으로 변화를 모색하고 또 성공적으로 달성했기 때문이다. 그런 만큼 〈덴마〉의 외전 소설을 집필함에 있어 어느 시기의 분위기 하나만을 담고 이것이 내가 해석한 양영순이라 선포할 경우, 우주가 팽창하는 속도보다도 빠르게 진화하는 양영순의 성취를 지울 위험이 컸다.

이러한 위험을 피하기 위해 이 〈덴마〉의 외전 소설은 3부 구성을 갖추고 있다. 『물리적 오류 발생 보고서: 덴마 어나더 에피소드 1』은 〈덴마〉 초기의 분위기를 담고자 했다. 당시의 작풍을 낡은 언어로 표현하자면 순정마초라고 할 수 있지 않을까. 어두운 과거를 숨긴 한 남자가 비정한 임무를 맡게 되나

이 모든 것은 아이와 여자를 지켜내기 위한 희생이라는 그 서사들 말이다. 물론 이는 2019년에 재생산될 만한 서사가 아니며 양영순 작가님 스스로부터 이미 극복하신 지 오래인 한계점이다. 그래서 에피소드 1은 기만적인 남성을 1인칭 화자의 주인공으로 삼아 비판적으로 묘사하려 했다. 주인공이 여성을 꽃으로 비유한다거나 자기 잘난 맛에 사는 모습을 담으려 한 것은 다 이러한 맥락에서이니 부디 참고 넘어가주시길 간청하는 바이다.

에피소드 1의 기반으로 삼은 작품은 '마리오네트' 편이다. 짧지만 강렬한 이 내용에는 반드시 무언가 더 말할 만한 거리가 있겠다는 생각에 제일 먼저 쓰겠다고 밝힌 이야기였다. 죽은 아내의 시체를 조종하면서 행복한 일상을 연기하는 남자라니. 그 상황을 타이핑하는 것조차 께름칙한 일이다. 누군가를 조종하는 능력은 비윤리적으로 돌출되기 쉽다. 작가로서도 다루기 저어되는 소재다. 그럼에도, 혹은 그렇기에 〈덴마〉 초기의 그 분위기를 다시 말하기 위해서는 꼭 필요한 에피소드였다고 생각한다.

나아가 『별을 수확하는 자들: 덴마 어나더 에피소드 2』는 〈덴마〉 중반부의, 은하계 규모로 펼쳐지는 고산 공작가와 엘 백작가의 정치극과 비슷한 분위기를 담으려 했다. 이 중반부가 있기에 〈덴마〉 시리즈가 한 개인의 성장담이 아닌 우주 규모의 군상극으로 완전히 자리매김할 수 있었지 않을까? 그렇기에 〈덴마〉의 외전 소설에서도 꼭 8우주 안의 정치적인 갈등들을 다뤄보고 싶었다. 연재 분량과 내게 주어진 재량권을 감안하여 이야기의 스케일은 태양계 단위도 아닌 행성 하나나 둘 정도로 좁혀서 진행하기는 했으나 〈덴마〉의 열성팬들, 소위 '덴경대'들이 조직되는 계기가 된 몇몇 중요한 에피소드들과 인물들에 대한 직간접적인 연결고리를 남겨놓는 것으로 작은 스케일의 한계를 극복하려 했다.

여기서 중심이 되는 인물은 가야와 다니엘 두 인물이다. 본편에서 지나가는 대사 몇 문장으로 둘 사이의 심각한 과거사를 짐작하게 만들었으니 한 번쯤은 풀고 넘어가야 하지 않겠느냐 생각했기에 양영순 작가님에게 이 또한 꼭 다루고 싶다고 요청 드렸던 바이다. 또한 정치극을 통해 퀑들의 연대와 연대 이면의 분열을 다루고도 싶었다. 〈덴마〉는 결국 질시와 박해 양측의 대상이 되는 퀑들의 이야기이기도 하니 말이다. 〈덴마〉의 8우주라는 공간은 잔혹하고 악랄한 자본주의 법칙이 지배하는 세계다. 그리고 이렇게 어둠이 짙은 곳에는 반드시 빛을 찾는 사람들이 있기 마련이다. 그런 이야기를 하고 싶었다.

11

마지막으로 『무간도 가이아의 성소: 덴마 어나더 에피소드 3』은 우주 규모의 정쟁만이 아니라 그에 휘말린 개별 인물들마저 서사에 포섭하는 데 성공한 현재의 〈덴마〉와 같은 분위기를 담으려고 했다. 에피소드 1이나 2에 비해 좀 더 유들유들하고 넉살 좋은 인물들이 여유를 갖고 사고하도록 배치한 것 역시 그 목표의 연장선상이었다. 물론 그 와중에도 양영순 작가님과 진행한 미팅을 통해 내가 다루어도 된다고 허락을 받은 소재 몇 가지에 대한 힌트를 담는 것도 잊지 않았다.

에피소드 3의 배경이 되는 공간은 무간도 가이아다. 우선 작중 많은 지점들은 양영순 작가님에게 들은 설정과 내가 양해를 구한 지점 사이에서 타협을 해 어느 정도 가감을 한 것임을 밝혀둔다. 무간도 가이아는 더 많은 이야기를 할 수 있는 공간이거늘 감히 내 손을 거쳐 소개하는 것이 옳은가 의문이 남았기에, 소설에서 무간도 가이아를 묘사할 때 의도적으로 본편의 설정을 염두하지 않은 부분을 몇 장면 남겨두었다. 또한 3부는 작중에는 아예 등장하지조차 않는 다이크와 이델에 대한 이야기이기도 하다. 나는 이 둘이 하이스트 장르에 정말 잘 어울린다고 생각한다.

집필에 앞서 고전 명작으로 분류될 작품 몇 편을 참고했다는 사실 또한 밝혀두겠다. 각 부는 영화 〈대부〉와 〈지저스크

라이스트슈퍼스타〉 그리고 〈오션스 11〉을 〈덴마〉의 세계관으로 재구성하는 것이 목표였다. 〈오션스 11〉을 참조한 에피소드의 경우 내 나름의 기조 아래 작품을 재구성하다 보니 그 후속편인 〈오션스 8〉의 몇몇 장면을 따라한 것이 아닌가 의심을 살 만한 설정 몇 가지가 나왔지만 영화가 개봉되기 전에 쓴 소설이 맞다. 이외에도 레퍼런스로 삼은 작품들은 많으나 길게 적지는 않겠다.

이렇게 다 다른 기조 아래서 집필한 3부작이지만 이 이야기 전부를 관통하는 테마는 분명하게 잡아두었다. 거짓말, 암살자, 신, 사랑, 퀑의 다섯 가지 키워드가 다른 방식으로 변주되도록 말이다. 양영순 작가님이 일련의 작업 끝에 정교하게 직조해놓은 기존 세계관이 없었더라면 모두 다루기 어려웠을 테마다. 이 자리를 빌려 〈덴마〉라는 명작을 집필하고 계신, 또 나에게 그 대업의 말석이나마 착석하도록 허락해주신 양영순 작가님에게 감사의 인사를 드린다. 뭇시엘.

2019년 여름
dcdc

1

'이것은 모두 제 잘못입니다.'

"이것은 모두 제 잘못입니다."

'그 사람에게는 아무런 죄도 없습니다.'

"그 사람에게는 아무런 죄도 없습니다."

나는 잠시 숨을 멈췄다. 암살 대상의 얼굴에 비통한 감정을 담기 위해서다.

'다만 저의 죽음이 제가 저지른 과오에 대한 속죄가 되기를 바랄 뿐입니다.'

"다만 저의 죽음이 제가 저지른 과오에 대한 속죄가 되기를 바랄 뿐입니다."

마지막으로 뜸을 들일 겸 고개를 돌려 방 안을 살핀다. 비서실의 인테리어는 실용성보다는 과시를 위해 설계된 것으로 보인다. 8우주의 행성 혜론에 위치한 대기업 FRK 회장쯤 되면 회장실이 아닌 비서실도 진짜 업무와는 무관한 포토존이 되어버리는 것일까. 이렇게 위엄으로 가득 찬 방과는 어울리지 않게 책장 한구석에 손가락만 한 장난감 병정 하나가 놓여 있다. 나는 병정을 주워 주머니 안에 넣었다.

'범죄에 대한 증거는 모두 거대 언론사들에 보냈습니다.'

"범죄에 대한 증거는 모두 거대 언론사들에 보냈습니다."

나, 야고보는 퀑이다. 이 우주의 물리적 오류. 마리오네트. 인간의 형태를 한 것이라면 무엇이든 자기 마음대로 조종하고 부릴 수 있는 퀑. 그리고 이 기술을 살린 나의 직업은 암살자다. 이 사실을 모르는 다른 사람들은 내 능력을 인형놀이에서나 선보이는 곡예로 치부한다. 인간을 마음대로 농락한다는 것은 그들에게는 상상도 할 수 없는 공포의 영역이기 때문일지도 모른다.

마리오네트 능력을 이용한 암살은 깔끔하다. 대상을 조종해서 죽여버리면 그만이다. 기억을 읽는 종류의 퀑이 살인 현장을 조사하더라도 증거는 찾을 수 없다. 어딜 확인하더라도 그저 자살이나 사고사로 보이게 연출할 수 있으니까. 의뢰인이 원하는 방식의 죽음을 암살 대상에게 안겨줄 수 있으니까.

'제가…… 마지막으로 이 세상에 남기고픈 말은.'

"제가…… 마지막으로 이 세상에 남기고픈 말은."

흔히들 하는 오해와는 달리 유언장에서 가장 중요한 것은 내용이나 말버릇이 아니다. 죽음을 마주한 사람만이 갖는 그 특유의 호흡을 담아야 한다. 유언장은 목숨을 담보로 하는 고백이니까. 그리고 내 능력 중 가장 자신 있는 것이 바로 이 호흡이다. 이러한 노하우야말로 어떤 퀑 능력보다도 암살자에게 필요한 무기다.

왼손을 뻗어 가상의 권총을 쥔다. 그리고 눈앞에서 공개 채널로 유언을 녹화하고 있는 암살 대상을 향해 총구를 겨눈다.

'당신. 사랑해.'

"당신. 사랑해."

비서실 안에 총성이 울린다.

* * *

이잉— 잉— 이이잉—

마두금의 현이 나지막하게 울리자 인형이 선율에 맞춰 춤을 춘다. 행복한 거리연주 시간이다. 사람을 죽인 뒤의 필수적인 행동이다. 나는 마두금을 연주하고 인형은 춤을 춘다.

살인에 도취를 느끼거나 하는 그딴 멍청한 이유 때문이 아니다. 예술가로서의 자의식 때문도 아니다. 어차피 행인들은 이런 공연에 관심이 없다. 그저 알리바이를 맞춰줄 사람들이 필요해 거리공연단에 이름을 올려놓았을 뿐이다.

한 달에 한 번 정도 나는 공연 리허설을 하지 않는다. 거리 공연단이라고 해도 시에서 운영하는 허술한 조직이다. 30일 중에 29일 성실한 모습을 보이면 하루 정도는 융통성이 있게 내가 지각하지 않고 이곳에 계속 있었다고 체크를 해준다. 시에서 살인자의 알리바이를 보증해주는 것이다.

잉잉— 잉이이잉—

곡은 절정으로 달하고 인형의 춤 역시 격렬해진다. 번화가라지만 예년보다 추운 겨울이고 성야제 시즌 초입이라 행인도 얼마 없다. 그래도 가벼이 연주하진 않는다. 어렸을 적부터 익힌 가업이자 기예. 이 일은 형이 물려받을 것이라 생각했다. 형은 100년에 한 번 나올까 말까 한 기재(器才)라는 평가를 듣던 천재였고 나는⋯⋯.

"진짜 못한다."

⋯⋯라는 소리를 듣는 둔재였으니까.

"꼬마야. 보기 싫으면 그냥 지나가렴."

"아저씨. 이 인형은 춤을 진짜 못 춰."

헤살거리며 웃는 남자아이. 분홍빛 머리칼에 새까만 피부. 열 살 정도 되는 것 같지만 또래에 맞지 않게 격식을 차린 고급 옷이 어색하지 않다. 제법 귀티 나는 모습에 행성 혜론의 부자나 귀족 나부랭이의 자식일까 의심이 든다.

"춤이 연주에서 벗어나질 않아. 아저씨 명령을 듣는 것 같아. 춤이 아니라."

"그야 이 인형은 아저씨가 큉 기술로 움직이고 있으니까."

"아저씨, 큉?"

"응. 큉."

나는 손을 들어 엄지부터 소지까지 손가락을 차례대로 쥐었다 폈고 인형 역시 내 동작을 똑같이 흉내 낸다. 아이는 흥미 가득한 눈으로 내 손과 인형의 손을 번갈아 쳐다본다. 무서워하는 눈치는커녕 도리어 내 앞에 쪼그려 앉아버린다. 웃는 모습이 제법 귀엽다.

"춤춰줘. 연주랑."

"알았다, 꼬마야."

오랜만의 관객이다. 잉. 잉— 잉— 잉— 방금까지와는 다르게 보다 빠르고 신이 나는 템포의, 동화적인 멜로디의 곡을 연주하기로 했다. 인형의 춤도 보다 경쾌하게.

"라— 라— 라— 라라— 라—"

꼬마는 내 연주와 인형의 춤에 맞춰 나지막하게 노래를 부른다. 아무런 가사 없이 그저 자연스럽게 흘러나오는 울림의 연쇄. 오히려 연주를 시작한 나 자신이 아이의 목소리에 빠져들 것 같다. 그 음색이 어찌나 미려한지 내가 행인들에게 돈을 받을 것이 아니라 이 아이에게 돈을 줘야 할 판.

쿵 기술인지 안드로이드 기술인지 뭔지도 모를 인형극보다는 귀엽게 생긴 소년과의 즉석 공연이 더 흥미를 끌기 때문일까. 성야제 준비로 바쁘고 들떠 있던 행인들의 발걸음이 조금씩 멈추고 인파가 생겨난다. 몇몇은 동영상 촬영까지 한다.

아직 변성기도 오지 않은 소년 특유의 장난기 넘치면서도 부끄러움을 모르는 듯 밝게 빛나는 목소리라니. 게다가 몇몇 부분이기는 하지만 기교면에서는 숙련된 카스트라토가 떠오를 정도로 원숙한 솜씨를 보인다. 결코 그럴 나이가 아님에도 말이다. 과연 청중이 모여들 정도다.

흥겨운 즉흥연주가 끝이 나자 인파는 몇 번의 박수 뒤 다시 원래 가던 길을 떠났다. 박수라. 이런 일은 전혀 없었는데. 나 역시 기분 좋게 연주를 마쳤다.

"알겠지? 춤을 못 춘다는 게 무슨 말인지."

"그래. 알 거 같네."

"맞아. 아저씨는 정말 솜씨가 별로야."

꼬마는 노래를 끝내고도 계속 내 앞에 쪼그려 앉아 말을 건넨다.

"춤을 추라고 명령하는 게 아니야. 춤을 추고 싶게 만드는 거야."

"어렵네."

"이런. 여기서 구경을 하고 있었니?"

갑작스러운 목소리의 난입. 소년이 소년이 아니라 소녀로 태어나 보다 원숙해졌을 때라면 목소리가 그렇지 않을까 싶었다. 위를 올려다보니 과연 소년과 꼭 닮은, 벚꽃색의 머리칼에 흑단으로 만든 가구처럼 광택이 흐르는 검은빛 피부를 가진, 런웨이의 모델처럼 한껏 꾸민 미인이 서 있었다. 분명 모르는 사람인데 어딘가 친숙한 느낌이다.

이 여성은 애써 침착한 척을 하려고 하지만 그 목소리 안에는 분명 약간의 떨림이 있다. 아들이 갑자기 사라졌던 것에 당황했기 때문일까. 더욱이 애써 찾은 아들이 뭐 하는 사람인지도 모를 거리의 악사와 수다를 떨고 있다면 긴장할 수밖에 없다. 비록 그 악사의 정체가 암살자임을 모르고 있더라도 말이다.

"엄마는 잠깐 이 아저씨랑 할 이야기가 있거든? 저기 카페에 경호원 아저씨들 있으니까 아이스크림이라도 먹고 있으렴."

"네, 엄마!"

아이는 아이스크림을 먹으라는 말에 활짝 웃으며 엄마가 가리킨 방향의 카페로 쪼르르 달려간다. 경호원을 대동한 미인이 경호원과 아들은 카페로 보내고 나와 단둘이서 이야기를 하고 싶다, 라.

"야고보 씨. 부탁드리고 싶은 일이 있는데요."

"공연 의뢰라면 시청 공연단 담당 부서를 통해 해주셨으면 합니다. 곧 성야제가 있으니 서두르시는 편이 좋을 겁니다."

"아뇨, 다른 일이에요."

아마 내 예측이 빗나간 모양이다. 나는 악기와 인형을 정리했다. 즐거운 음악 시간은 끝. 이제부터는 암살의 시간이다.

2

여자에게서 동백꽃 향기가 난다. 피부에 코를 문댈 듯이 가까이 다가가야만 맡을 수 있을 정도로 미약한. 하지만 그 안에는 한가득 꿀을 숨기고 있음이 분명한. 겨울의 향기. 천박할 정도로 요란한 차림새와는 도통 어울리지 않는 얌전한 표정과 몸가짐 속에 동백꽃 향기를 느낀다.

여자는 나를 아들과 경호원이 간 곳과는 다른 카페로 데리고 갔다. 이런 미인이 다른 사람의 눈을 피해 날 찾아온 이유는 무엇일까? 주문한 차를 기다리며, 여자를 관찰하며 이런저런 가설을 머릿속에 떠올려본다.

내 큉 기술은 인간 형태를 한 것이라면 무엇이든 조종할 수 있는 마리오네트. 전투에는 부적합할지 모르지만 범용성으로 보면 제법 괜찮은 기술이다. 암살과 거짓 유언을 조작하는 일 뿐 아니라 협박용 혹은 거짓 폭로용 증거를 만들기에 걸맞으니까.

하지만 의뢰 내용보다도 궁금한 것은 의뢰인 그 자체다. 나를 찾아온 과정이 무척 이상하다. 브로커를 통해서 온 것도 아니고 조직을 대리하는 사람으로도 보이지 않는다. 암살이 전문인 퀑을 길거리에서 헌팅이라도 하는 것처럼 카페로 끌고 오는, 이 세상 물정 모르는 인물이라니.

"두단. 알고 있지요?"

모를 리가 없다. 행성 헤론 암흑가의 유력자. 귀족이나 재벌가의 인물이 마약과 여자 그리고 살인을 원한다면 그 누구라도 두단을 통하지 않고서는 불가능하다. 그의 패밀리는 비록 비공식적일지라도 행성 헤론을 지배하는 무리라고 해도 과언이 아니다.

"모르는 사람입니다."

"거짓말에는 재주가 없으시군요."

"부인, 죄송하지만 저는 그저 거리공연으로 몇 푼 버는 것이 고작인 인형사입니다. 만약 아드님의 생일이나 가족분의 진급을 축하하기 위한 파티라면 제가 시청 담당자의 명함을 드릴 테니까……"

"경계하실 필요는 없어요. 저는 두단의 부인이니까."

아하. 이제야 기억이 났다. 이 여자. 마디나. 두단이 연령 차에도 맞이한 배우자. 적대 조직의 조직원을 폭행한 뒤 눈알을 뽑아 절임으로 만들어 먹는다는 소문의 폭군은 동네 카페의 직원이었던 젊은 아가씨에게 푹 빠지고는 온갖 무리를 해서 그 여자에게 결혼을 강제했다던가. 10년은 더 된 이야기이지만 이 일은 가십에 관심이 없더라도 뒷골목에서 좀 지내는 사람이라면 모를 리가 없는 스캔들이었다.

과연. 동백꽃이라. 이 인물에 대한 내 첫인상은 크게 빗나가지 않았다. 세상 물정 모르는 미인이 어울리지도 않고 비싸기만 할 뿐인 조야한 디자인의 옷으로 포장된 것은 아마 두단의 취향 때문이리라.

"그래서 부인께서는 무슨 일로 저를 찾아오셨습니까?"

"의뢰를 하러 왔어요."

"부인이라면 저 같은 무뢰배 사이에서 고용인을 찾으시기보다는 회장님이나 패밀리 사람에게 직접 부탁하시는 편이 좋을 겁니다."

"그럴 수는 없어요."

"왜입니까?"

마디나가 말을 고르는 사이 테이블에 종업원이 오는 바람에 대화가 잠시 끊겼다. 종업원이 차를 갖고 왔기 때문이다.
마디나는 이 잠시간의 침묵을 반기는 듯이 보인다. 두단, 아내
를 잘못 고른 것은 아닐까. 아름다움과는 별개로 뒷골목에 어
울리는 여자는 아니다.

트로피 와이프를 원했다면 장식장에 얌전히 갇혀서 나 같
은 암살자를 찾아오지 않을 여자여야 했고 대외적인 정치력
의 과시를 노렸다면 이해타산을 할 줄 아는 여자를 골랐어야
했다. 여자를 보는 눈이 없군. 두단.

"내가 죽이고 싶은 사람은 두단이니까."

여자를 보는 눈이 정말 없군. 두단.

* * *

"뭔가 오해를 하셨습니다. 저는 사람을 죽이지 않습니다."

"오늘 들르신 곳에서는 그러지 않으셨던 것으로 아는데
요."

"그리고 두단 같은 사람은 더더욱 죽이지 않습니다."

"두단이 무서우시군요."

"그렇습니다."

눈앞에 놓인 차를 마신다. 카페인이 필요하다. 겁을 먹지

26

않을 도리가 없다. 상대는 두단이니까. 벌써 3대째 행성 헤론을 지배하고 있는 단 패밀리의 두목이다. 나 같은 뜨내기가 건드릴 만한 인물이 아니다.

"보상은 원하시는 만큼 드리겠어요. 두단이 죽으면 그 재산은 모두 제 것이 되니까요."

"아드님의 것이 될 겁니다. 단 패밀리의 전통이니 말입니다."

"아들의 것이 제 것이에요."

"열 살 남짓한 어린아이가 조직의 장이 되면 온갖 이전투구가 벌어집니다. 부인께서 각오하신 그 이상의 일입니다."

"이 아이의 후견인 자리를 노리는 사람이라면 최소한 아이를 죽이려고 들지는 않겠지요."

마디나의 손이 떨린다. 그런가. 과연. 이 사람이 왜 이런 엉터리 같은 방식으로 나를 찾아왔는지 이제야 알 것 같다. 두단이 아이를 죽이려고 하기 때문인가. 하긴. 두단쯤 되는 인물이 여자를 보는 눈이 그렇게 낮을 리 없다. 한때는 불타올랐을지 모르겠지만 오래가지는 않았겠지. 슬슬 두단은 이 허튼 로맨스에 진력이 났을 테고 마디나는 로맨스라고 생각했던 적조차 없을 터. 이제 마음에 들지 않는 여자와 그 여자의 아들을 해치울 속셈인가 보다.

"보상의 문제가 아닙니다. 가능성의 문제입니다."

"행성 제일의 암살자라고 들었어요."

"그렇지 않습니다. 그렇다고 하더라도 두단은 행성 제일의 권력자입니다. 상대가 될 리 없지 않습니까?"

"저도 돕겠어요. 정보는 뭐든지 제공하고 어떤 일이라도 하겠어요."

동백의 여자는 꽃처럼 간절하다. 하지만 안 되는 일은 안 되는 일이다.

"제 퀑 기술이라고 해봤자 보잘것없는 능력입니다. 고작해야 사람이나 사람처럼 생긴 물건을 인형처럼 움직이는 게 전부입니다."

"암살에는 최적인 능력으로 보이는데요?"

"인형극에나 쓸 정도입니다."

끝까지 암살자임을 부정하는 내 태도에 마디나는 분을 참지 못한다. 흑단 같은 얼굴에 짙은 그림자가 드리워진다. 내 알 바는 아니다. 나는 테이블 위에 놓인 티슈를 비비 꼬아가며 손장난을 친다.

"하지만 인형극에 필요한 것은 퀑 기술 따위가 아닙니다. 방금까지 저 밖에서 했던 공연만 해도 행성 헤론의 문화예술부와 시청 그리고 공연단 사이에 서류가 몇 번이고 오가고 심사를 거친 뒤 투자를 받아 진행된 것입니다. 저 혼자서가 아니라 공적인 시스템의 인가 덕분에 인형극을 할 수 있다는 말입니다."

"그래서요?"

몇 장을 비비고 묶은 티슈는 어느새 인간처럼 사지가 달린 모습이 되었다. 나는 손을 들어 즉석에서 만든 간이 인형을 이리저리 움직인다.

"저는 암살자가 아니지만 몇 가지는 압니다. 암살자가 암살 대상을 조종하는 것처럼 보이지만 그 너머를 보면 암살자 역시 의뢰인의 조종을 받습니다. 의뢰인은 그 사람이 소속된 조직이나 공동체 혹은 사회의 조종을 받고 말입니다. 아예 의뢰인이 암살 대상에게 조종당하고 있는 경우도 있습니다."

티슈로 만들어진 간이 인형은 그 만듦새가 엉망진창이라 움직임이 부자연스럽다. 곧 큉 능력에 짓눌려 뭉개지고 만다. 마디나의 표정도 뭉개진다.

"암살이라고 하면 무시무시한 범죄로 보이기 쉽겠습니다만. 이러한 유기적인 관계 속에서 암살자의 암살은 인형사의 인형극처럼 세간의 암묵적인 묵인하에 이루어지는 일일 뿐입니다."

미인의 얼굴이 뭉개지는 모습은 반갑지가 않다.

"인형사는 인형을 조종합니다. 하지만 인형사 역시 누군가의 조종을 받습니다. 단순한 이야기지만 인형사로서는 절대로 잊어서는 안 될 철칙입니다."

"제가 당신을 도울 수 있어요. 뒤를 봐줄 만한 사람도 알아요."

"인형사는 인형을 고르지 않습니다. 인형이 인형사를 고릅니다."

지갑에서 찻값을 꺼내 테이블 위에 올려놓았다. 마디나는 나를 잡지 않는다. 마지막으로 충고를 한마디 남길까 하다 관둔다. 무슨 말을 해도 내 오만일 뿐이다.

3

"그래서, 의뢰는 받았고?"

"받지 않았습니다. F사 건을 막 끝내서 지쳤습니다. 잠시 쉴 겁니다."

"일벌레답지 않은 소리를."

소장은 놀랍다는 표정으로 초롱아귀처럼 이마에 돋아 있는 촉수를 긁는다.

집에 가기 전 사무실에 들렀다. 간판도 등록증도 없이 허름한 건물에 낡은 소파 하나와 싸구려 책상 몇 개를 얹어놓은 것이 전부인 곳이다. 이곳이 무슨 사무실인지는 모르지만 사무실이라고 부르고, 이 영감도 무슨 소장인지는 모르지만 소장이라고 부른다.

굳이 이곳을 설명할 만한 단어를 고르라면 중개소 정도가 어울렸다. 나 같은 킁, 그중에서도 법적으로 떳떳하지 못한 일을 하는 킁들에게 일거리를 알선해주는 중개소. 오늘 만난 여자, 마디나도 이곳을 통해 나를 찾았을 것이다.

"왜 안 받았어? 평소라면 일거리를 하나라도 더 받지 못해 안달이던 사람이."

"소장님. 오늘 고객이 누군지 아시지 않습니까."

"패밀리의 신데렐라지."

"패밀리 일은 패밀리에서 해결하면 됩니다. 저는 패밀리를 가까이하고 싶지도, 적으로 두고 싶지도 않습니다."

"겁이 많구먼."

맞다. 하지만 겁쟁이가 오래 살아남는다. 암살자가 이런 말을 하는 것도 우스운 노릇이지만 나는 가급적이면 오래 살아남고 싶다.

"일을 가려 받으면 나도 자네한테 좋은 일은 더 못 줘."

"패밀리와 엮였다가 틀어지면 소장님도 좋은 일은 더 못 받지 않습니까?"

"자꾸 궁금해지게 만드네. 도대체 그 여자가 자네한테 누구를 죽여달라고 의뢰했기에 이리 까탈스럽게 그래?"

"별거 아니었습니다. 아들을 성가시게 하는 사람을 손봐달라는 정도였습니다. 패밀리의 신데렐라는 어디까지나 신데렐라니 패밀리 사람에게 부탁하기는 꺼려졌나 봅니다. 하지만 아시지 않습니까. 저는 큰물에서는 놀고 싶지 않습니다."

"너는 이미 큰물에서 놀고 있어. 너 혼자만 그걸 모르고 있을 뿐이지. F사는 어디 뭐 작은 회사라서 일을 받은 거였나?"

소장은 낄낄거리며 웃는다. 몰래 사람이나 죽이고 다니는 직업 살인자가 일거리를 가리는 모습이 비웃을 만할 것이다. 하지만 이번 건은 보통 일이 아니다. 단 패밀리의 보스를 암살해달라는 의뢰. 그것도 보스의 아내로부터 들어온.

아마 의뢰에 대해 자세히 설명하면 소장 역시 일을 거절할 것이다. 하지만 이 의뢰를 받은 사실 자체를 누군가에게 말하는 것만으로도 마디나의 생명은 그 순간 끝이다. 그리고 그와 엮인 내 목숨이라고 다를 바는 없을 것이다. 아무리 비아냥거림을 듣더라도 자기변명이나 하고 앉아 있을 상황이 아니다.

"얼굴도 매끈하고 큉 기술도 훌륭하니까 계속 멋지게만 살 줄 알았지? 어쩌다 이 바닥까지 굴러떨어지게 되었는지는 몰라도 잘나가던 시절은 옛날 옛적에 끝났어. 네가 오늘 일이 아니라 내일 일마저 생각할 만큼 고급지고 우아하게 살 형편이 아니라고. 그러니까 건방 떨지 말고 주는 일이나 잘 받아먹어."

"다음 일부터 그렇게 하겠습니다. F사 일을 마친 게 오늘인데 몇 시간이나 지났다고 새 일을 받습니까? 이번만 쉬겠습니다."

"아니. 이번 일은 꼭 해야 해."

갑자기 사무실 문을 벌컥 열고 들어온 누군가가 말했다. 나는 급작스러운 방문객의 목소리에 놀라 고개를 돌려 뒤를 보았다. 그곳에는 꽤 낯익은 누군가가 있었다. 평균보다 살짝 작은 키이지만 근육질의 몸에 보호막이나 다름없는 지방이 붙어 불도그를 연상케 하는 체구. 험상궂지만 귀여울 정도로 천진한 인상도 가진 한 남자가.

이 남자의 이름은 바로 두단이다. 단 패밀리의 보스이자 그의 아내 마디나가 나에게 의뢰한 암살 대상. 행성 혜론에서 가장 위험한 사나이가 바로 내 등 뒤에서 사람 좋아 보이는 미소를 짓고 있었다.

"처가 신세를 졌어."

"……아닙니다."

"회장님, 이 친구 어떠십니까?"

"좋아."

소장은 능글맞게 웃는 얼굴로 자리에서 일어나 회장에게 굽신거린다. 피가 차게 식는 것이 느껴진다. 과연. 과연. 행성 혜론에서 단 패밀리의 영향력으로부터 자유로운 조직은 없다. 그리고 이 이름 없는 사무실 역시 마찬가지였던 것이다.

소장은 아마 마디나가 사무실에 찾아온 그 순간부터 단 패밀리의 윗선에 연락을 넣었을 것이다. 아니면 단 패밀리의 윗선에서 이미 마디나가 이 사무실로 찾아오도록 설계를 마쳐놓았을 수도 있다.

"기억을 읽을 것도 없겠어. 친구가 참 영리해. 소장이 괜히 추천한 게 아니네."

"감사합니다, 회장님."

"혓바닥도 간수할 줄 알고 말이야. 응?"

만약 내가 마디나의 의뢰를 수락했다면. 수락하지 않았더라도 소장 앞에서 의뢰의 내용을 내 멋대로 발설했다면. 그 순간 소장이나 두단이 고용한 큉에 의해 내 두개골은 박살이 났을 것이다.

두단은 팔자걸음으로 성큼성큼 걸어와 소장이 방금까지 앉아 있던 의자에 앉는다. 소장은 자연스레 두단의 뒤에 선다.

"이 바닥에서 서른 넘어서까지 일할 수 있으려면 무조건 갖춰야 할 게 딱 하나 있어. 혓바닥 쓰는 법을 아느냐 마느냐. 보는 눈 듣는 귀 어디 있을 줄 모르고 함부로 나불대는 놈은 오래 못 사는 법이라고."

"지당하신 말씀입니다."

"그런 점에서 이 친구는 제법 마음에 든단 말이지."

두단은 웃으면서 느릿한 박수를 친다. 중저음의 목소리에 라르고 속도의 박수. 검지에 낀 반지가 눈에 띈다. 패밀리의 증표인 그 반지가. 사람을 잡아먹는 법을 아는 남자다. 그저 입을 다물고 보스의 찬사를 묵묵히 받아들인다. 나는 이들의 시험을 통과하고 말았다. 하지만 아직 그 시험을 치른 목적을, 두단과 소장의 의도를 알지 못한다. 차라리 아무것도 알지 못했다면 좋았으련만.

아니다. 이미 누군가의 부탁을 받고 사람을 죽인 그 순간부터 이렇게 되는 것은 일종의 필연이었을지도 모른다. 젊었을 때라면 이 또한 하나의 기회라고 여겼을지 모르겠다. 하지만 나는 호승심을 부리기에는 너무 늙었고 지쳤다.

"부인에게는 좋게 말씀드렸습니다."

"그랬겠지."

"부탁하신 일은 죄송하지만 어렵겠다고 전달했습니다."

"그래. 그래서 내가 온 거야."

두단은 소장에게 손짓을 한다. 소장은 묵례하고는 사무실을 나선다. 이제부터가 본론이다. 두단의 제안을 받을 차례다. 패밀리의 제안은 언제나 거절할 수 없는 제안이라고도 한다.

"두단의 제안에 대해선 들어봤겠지?"

"그렇습니다."

"이해가 빨라서 좋군. 좋아. 내 제안은 이거야. 내 처의 부탁을 들어주게나."

"……다시 한번 말씀을 해주시겠습니까?"

나는 표정이 바뀌지는 않았을까 염려하며 두단에게 되묻는다. 암살자라는 업을 시작하고서 처리한 의뢰 수가 적다고는 할 수 없는 나지만 자살 협조를 바라는 의뢰는 처음이다. 두단은 특유의 활발하기까지 한 웃음을 지으며 설명을 더한다.

"말 그대로야. 내 처의 부탁을 들어줘."

"부인의 의뢰에 대해서는 알고 계십니까?"

"알아. 날 죽이라는 거지."

"부인께는 정중히 거절했습니다만."

"진짜로 죽이라는 말이 아니야. 나는 아직 죽고 싶지도 않고 죽더라도 이렇게 번거로운 과정을 거칠 생각도 없어. 그냥 너는 내 처의 의뢰를 받아들이는 척을 하라고. 그러면 처는 안심하고 일상으로 돌아갈 거야. 처는 위안을 얻고 자네는 돈을 얻고 일석이조잖나."

"당신에게는 무슨 득이 되시기에."

실수다. 예상치 못한 상황에 실언을 해버렸다. 나 같은 하청업자 따위가 패밀리의 보스에게 의중을 묻다니. 두단은 내

실수를 바로 알아차렸지만 미간만 한 번 찌푸리고 만다. 나는 놀라다 못해 의문마저 든다. 도대체 왜. 두단 같은 남자가 이런 무례를 참고 넘어간단 말인가?

"말했잖아. 처가 위안을 얻는다고. 내가 가장 바라는 게 바로 그거야."

"알겠습니다."

이해가 되는 대답이다. 두단은 지금 자신의 고용인을 대하고 있는 것이 아니다. 아내의 고용인을 대하고 있는 것이다. 자신의 조직원이나 혹은 이 행성의 아무나가 방금 같은 실언을 하면 두단은 언제나 주먹으로 코를 뭉개놓았다. 하지만 나를 대할 때만큼은 그럴 수가 없다. 왜냐하면 아내에게 바치는 사랑과 경의만큼이나 아내가 고용하고 아내를 모실 사람인 나를 존중하고 있는 것이다.

이 대답이야말로 오늘 들은 이야기 중 나를 가장 놀라게 하는 것이었다. 두단. 도대체 얼마나. 그리고 어째서. 이렇게까지 사랑을.

"못난 친구는 아닌 것 같으니 조금 더 이야기를 해주지."

두단은 피곤한 표정으로 입을 뗐다.

4

"처와 내가 어떤 사이인지는 알고 있나?"

"풍문으로 얼추 들었습니다."

"그러셨나."

방금 내가 실수하기는 했지만 행성 헤론 암흑가 제일의 실력자가 젊은 여자에게 반해 억지로 구애를 했다고 대꾸할 정도로 멍청하지는 않다. 두단은 이죽거리고는 말을 이어나갔다.

"처는 이 바닥 사람이 아니지. 이곳이 어떻게 굴러가는지를 몰라. 어린 나이에 나 같은 사람을 만나서 고생을 제법 했어. 내가 다 지켜줄 수 있다고 생각했지만 내 생각이 짧았지. 처는 내가 어두운 세계에 살고 있다고 여기더라고. 우습지 않나?

행성 헤론에서 법이 아니라 법도를 가장 잘 지키는 사람을 찾으라면 그건 아마 나일 거야. 귀족이나 기업가들이 아무리 법을 지키고 산다고 해도 법을 어겨야 할 때는 자기 손을 더럽히지 않고 나나 자네 같은 하청업자를 찾을 뿐이지 우리와 다를 게 뭐가 있겠어?

게다가 저들이 합법적으로 공적 업무를 처리한다는 허울 아래 지켜야 할 신의나 원칙을 코 풀듯이 버리는 경우가 얼마나 많은가. 오히려 불법적이고 사적으로 움직이는 우리야말로 법도를 지키지.

법이 우리를 지키지 않고 우리가 법을 지키지 않기 때문에 법도가 우리를 지키고 우리가 법도를 지킬 수밖에 없어. 특히 나처럼 위로 올라간 사람일수록 말이야. 이건 이 바닥의 필연이지."

두단은 한참 떠들고는 피식 웃고 만다. 무거워 보일 정도로 두터운 턱을 움직이면서.

"미안하군. 내가 괜한 투정을 부렸어. 본론과는 상관도 없는 이야기를 했어. 이해하라고. 나 같은 늙다리들은 으레 훈장질을 하기 마련이잖나."

"아닙니다. 잘 듣고 있습니다."

"됐고. 어쨌든 처는 나를 믿지 않아. 믿지 않는 것까지는 괜찮아. 나도 처를 믿지 않으니까. 다만 알 뿐이지. 하지만 처는 나를 알려고도 하지를 않았어. 내가 어두운 세계의 사람이니까 내가 아닌 다른 누군가는 밝은 세계의 사람이라고 착각을 하고 만 것이지. 그런 세계도 그런 사람도 있을 리가 없는데도 그래버렸어. 내가 아닌 다른 사람을 믿었어. 다른 사람을 아는 것까지는 괜찮아. 하지만 다른 사람을 믿게 되면 곤란해."

두단의 눈에서는 일말의 배신감조차 느껴지지 않는다. 약간의 피로와 따분함만 담겨 있다. 두단이 여자를 보는 눈이 없다는 말은 취소를 해야겠다. 두단에게는 처음부터 그 여자가 어떤 여자이든 상관이 없었던 눈치였다.

두단에게 마디나는 장식장에 가둬놓을 트로피 와이프도 정략의 파트너도 아니라 그저 잠깐 마음에 들어서 어디선가 주워 왔을 뿐인 장난감이었다. 소중히 아끼기는 하지만 누구도 장난감에게는 어떤 기대도 하지 않는다. 그렇다면 방금 나를 향해 보인 존중은 어디서 나온 것이었을까?

"나를 적대하는 세력이 있어. 이 행성 놈들은 아니야. 그놈들이 처에게 접근해서 여러 가지 충동질을 한 모양이야. 처가 나를 믿지 않게 된 계기가 있어. 아들이지. 예전에 아들이 납치를 당했거든. 내 불찰이야. 그때 이후로 처는 신경과민이 되어서 나를 자기와 아들의 적이라고 생각해. 적대 세력 몇몇이 그 의혹을 부풀렸어. 하지만 우습게도 아들을 납치한 것은 그

놈들이야. 증거만 아직 잡지 못했다 뿐이지 분명하다고."

다시 한번 놀랐다. 나는 두단의 눈에서 죄책감을 읽었다. 입에서 분노를 읽었다. 피도 눈물도 없는 이 행성의 지배자가 아들에게는 이렇게 다정할 수 있다니. 내가 방금 그 이유를 착각했던 나에 대한 존중도 아내가 아닌 아들을 맡길 사람이라는 입장에서 온 존중이었을 것이다.

"처가 아들 때문에 신경이 예민해지는 것도 이해할 만해. 내 자식이지만 곱기도 곱고 머리도 좋거든."

"아드님은 만나봤습니다."

"어쩌다가? 아, 처가 데리고 나갔겠군. 원래도 그랬지만 요즘엔 한사코 곁에서 떼어놓을 생각을 하질 않지. 어때. 제법 귀엽지?"

패밀리의 두목이라고는 생각할 수 없는, 영락없는 아버지의 모습이다. 나는 딱히 두단이 만족할 만한 대답이 떠오르지 않아 조용히 고개만 끄덕였다.

"비록 가업을 잇기에는 조금 섬세한 면이 있지만 그 정도는 괜찮아. 어차피 이 가업을 주도하는 사람은 나니까. 그리고 내 자식이라는 이유만으로 그 아이에게 패밀리를 물려줄 생각도 없어. 내가 은퇴하고 난 뒤에 그 아이에게 갈 지분이 도를 넘지만 않으면 다른 간부들도 성가시게 굴지 않을 거야. 감히 그럴 만한 배짱을 가진 놈도 없고. 지금 내 상황이면 합법적으로도 그 아이 명의로 적당한 가게 몇 개 정도는 남겨줄 수 있어."

두단은 아직 현역이다. 자신을 늙은이 취급하지만 그건 어디까지나 범죄 조직의 최전선에 선 사람치고는 나이가 조금 많다는 것일 뿐이다. 몇 년이나 이 행성의 실권을 안정적으로 장악하고 있다는 것부터가 조직의 탄탄함을 증명한다. 두단은 아직 후계를 생각할 만한 나이가 아니다. 그래도 아들의 나이가 고작 열 살이라 생각하면 어색하지 않은 고민이다.

하지만 이 고민 자체가 내 기대와는 다른 모습이다. 마다나의 호소와도 다르다. 어딜 보더라도 평범한 아비의 모습이지 않은가.

"이제부터 본론으로 들어가지. 처의 의뢰를 받아. 나를 죽이라는 것 빼고는 시키는 일 전부 다 내 명령이라고 생각하고 해주라고. 그러면 처는 내가 곧 죽으리라 생각하고 나에 대한 공포에서 벗어날 거야. 시간이 지나면 임무가 실패했다고 말하고 돌아가면 돼."

"오래도록 그럴 수는 없습니다."

"그렇겠지. 조만간 처를 휴양지로 보내서 안정을 시킬 거야. 이혼까지도 해주고 싶지만 그러지는 않을 거야. 그럴 경우 처는 지금보다 더한 위험에 처하게 되니까. 나를 노리고 온갖 잡것들이 덤벼들 텐데 처 혼자서는 이것들을 막아낼 수 없어. 그래도 몇 년 정도 요양을 하면 많이 좋아지겠지. 자유롭게 살 수 있고 말이야. 내게 처는 애정은 없지만 동정은 남아 있는 사람이야. 자네는 처를 그 휴양지로 보낼 때까지만 처와 어울려주면 돼."

"알겠습니다. 기한은 어느 정도로 잡으면 되겠습니까?"

"성야제 연휴와 연초까지야. 성야제 자체도 그렇지만 축제가 끝난 후에는 세무조사 때문에 평의회가 행성 헤론 전체를 지켜보고 있어. 이 시즌만 아니었다면 진즉에 처를 요양하도록 보냈겠지만 때가 좋지 않더군."

모든 이야기가 논리적이다. 무엇보다 마디나가 이야기한 것과 달리 두단은 아내에게 질렸다거나 아들이 불만족스럽다는 이유로 처리할 정도로 머리가 나쁜 사람처럼 보이지는 않는다. 두단이 말한 것처럼 패밀리를 이끄는 사람일수록 오히려 더 법도를 지켜야 할 필요가 있다. 그리고 두단은 그 필요성을 잘 아는 사람이다. 자신이 강제로 취한 여자와 그 여자가 낳은 아들을 의미도 없이 죽이면 패밀리는 흔들릴 것이라는 경계 정도는 할 것이다.

두단의 제안이다. 거절할 수 없는 제안이다. 나로서는 거절할 명분도 힘도 없다. 하지만 그럼에도 두단은 마지막으로 제안에 미끼를 걸었다.

"보수는 섭섭하지 않을 거야. 일이 끝나면 이 행성을 떠나 주긴 해야겠지만 별문제는 아니겠지. 그리고 무엇보다 일을 잘 완수했을 때는 소원을 들어주겠어."

"소원이라면 어떤 것을 말씀하시는 것입니까?"

"사람을 하나 찾아줄 거야."

소리를 지를 뻔했다. 입은 겨우 막았지만 손이 떨리는 것마저 멈출 수는 없었다. 이제까지 어떻게든 두단이라는 거물 앞에서 평정을 유지하려 애를 썼지만 이번만은 다르다. 두단은 내가 가장 바라 마지않는 것이 무엇인지 알고 있었다. 이 행성에 온 순간부터 비밀로 하고 있던 내 소원을.

나는 두단과 게임을 할 생각이 없었다. 이미 상대가 두단이라는 것을 알았을 때부터 내가 내릴 수 있는 결론은 하나라고 여겼으니까. 하지만 두단의 생각은 달랐다. 그는 나와 게임을 하려고 했다. 모든 포석을 다 마친 상태에서, 그저 정해진 수순대로 장기 말을 내려놓기만 하면 자신이 이기는 그런 게임을 하려고 했다.

"이 바닥에 온 것도 그것 때문이라지? 인맥도 필요하고 돈도 필요한 일이니까."

"……그렇습니다."

"일을 잘하면 돼. 내가 다 처리해줄 테니까. 행성 칼번의 라인을 쓰면 바로 끝이야. 그러니 자네가 일만 마치면 목표도 이루고 행성 헤론을 떠나서 자유롭게 살 수 있을 거야."

"감사합니다."

두단은 매서운 눈으로 나를 노려본다. 아까까지 자랑스러운 표정으로 아들을 칭찬하고 죄책감 어린 표정으로 아내를 걱정하던 남자의 눈빛이 아니다. 아마 이것이, 내가 익히 들어왔던 두단의 모습일 것이다.

"일을 못하는 경우 어떻게 되는지도 알고 있지?"

안다. 일을 잘했을 때와 크게 다르지 않다. 내가 일을 잘하든 못하든 어느 경우에도 두단은 내가 찾던 사람을 찾아줄 것이다. 다만 찾아주는 부위가 다를 뿐이다. 머리. 손. 발. 심장. 어느 부위가 될지는 모르지만 내가 찾는 사람의 안구를 제외한 신체 어느 곳 하나만을 나에게 찾아줄 것이다. 두단의 제안은 원래 그렇다.

나는 묵묵히 고개를 끄덕였다. 두단의 제안은 반드시 지켜진다. 두단은 법도를 아는 남자니까.

5

성당 안에 성가대의 노랫소리가 아름답게 울린다. 종교적인 건축물은 안에서 나는 소리를 보다 웅장하고 숭고하게, 경건하고 엄숙하게 울리도록 설계된다. 신의 존엄은 그렇게 배가된다. 성야제를 앞둔 성가대의 노래는 특히 그러하다.

예배 시간은 아니다. 성야제 공연을 위한 성가대의 연습을 구경하러 왔을 뿐이다. 그리고 이제 막 보이소프라노의 솔로가 시작됐다. 애써 기교를 부리거나 종교적 열의를 담으려 하지 않는, 애초에 그런 관념들의 존재조차 모르는 듯이 그저 성야제의 밤을 기다리느라 들뜬 소년의 목소리는 신전의 경건함이 무색할 정도로 맑다.

어디까지나 연습 시간인 만큼 예배석에는 성가대의 가족이나 친구들 혹은 성당 관계자들 정도만 자리를 잡고 있다. 성야제 주간이 되면 동네 주민이나 관광객들이 몰려서 조금 더 떠들썩하겠지만 그래도 이미 다들 오랜만의 축제 준비로 들뜬 분위기다.

그리고 나는 이 즐거운 청중 사이에서 두 번째로 어두운 표정을 하고 있는 사람이다. 첫 번째로 어두운 표정을 짓고 있는 사람은 내 옆에 앉은 여자. 방금까지 미성으로 성당 안을 가득 메웠던 보이소프라노의 모친, 마디나일 것이다.

"부인. 잠시 괜찮으십니까?"

"무슨 일이시죠?"

"몇 가지 말씀드릴 것이 있어서 왔습니다."

어제 두단의 제안을 받아들인 뒤 두단은 마디나가 아들의 합창 연습을 구경하러 성당에 갈 것임을 일러주었다. 나는 성가대의 연습 시간에 맞춰 성당에 들러 마디나를 찾아 그 옆에 앉아 방금까지 노래가 끝나기를 기다리고 있었다. 합창이 진행되는 동안은 나도 마디나도 입을 열지 않았다.

"의뢰를 받으러 온 것은 아닙니다."

"그렇다면……?"

"의뢰를 받고 온 것도 아닙니다."

성야제를 앞둔 성당에서 거짓말을 하다니. 나도 참 불경한 사람이다. 마디나의 가냘픈 목소리가 파르르 떨린다. 아직은 겁이 나는 것이다. 아무리 나라고 해도 이렇게나 이목이 많은 성당 안에서 암살을 할 정도로 불경하지는 않은데 말이다. 천주님이 계시다면 죽음 앞에서 신의 존재가 이렇게나 의지가 되지 않는다는 것에 제법 섭섭해할 것이다.

"제안을 하러 왔습니다."

"제안이라뇨?"

"두단은 죽이지 않겠습니다. 하지만 부인과 아드님의 경호라면 맡겠습니다."

마디나의 아름다운 얼굴이 굳는다. 그럴 만도 한 일이다. 살인을 부탁했는데 경호를 맡겠다니. 닭을 주문했는데 돼지가 온 격이다. 하지만 이는 나 나름의 자구책이다. 아무리 두단의 허락하에 거짓으로 암살 자작극을 벌인다고 하더라도 이 정도 크기의 사건이면 기억을 읽는 능력을 가진 쿙도 개입할 수 있다. 트집을 잡히지 않으려면 최대한 나 자신의 안전을 확보하면서도 두단과 마디나, 양측을 만족시켜야 한다.

마디나는 아들이 암살을 당할까 걱정된다고 했다. 두단은 마디나가 안심하길 원한다. 그렇다면 내가 해야 할 일은 두단의 암살 따위가 아니라 마디나가 만족할 정도로 안전한 상황을 확보하는 것이다.

무엇보다도 어제까지는 그렇게나 완강하게 암살자가 아니라고 부인하던 나다. 이제 와서 말을 싹 바꿔 두단 같은 위험 인물을 죽이겠다고 나선다면 그 역시 의심을 살 수밖에 없는 노릇이다.

"암살자의 경호라니. 신뢰할 수가 없네요."

"두단이 붙여준 경호를 신뢰할 수 없어서 저를 찾아오시지 않으셨습니까?"

마디나는 입을 다물고 골똘히 고민을 시작한다. 아름다운 여자다. 과연 두단이 어떤 투자든 아끼지 않고 쏟아부을 만한 미모다. 이제까지 청순하고 귀엽다고 여긴 분홍색의 머리칼이 겨울밤의 하늘처럼 고혹적인 검은 피부와 만나 뭐라 설명할 수 없는 매력이 느껴진다. 여자가 고민을 하는 동안 나는 그 모습을 감상한다. 어딘가 익숙하고 그리운 기분이 든다. 내가 잠깐 취하고만 사이, 마디나는 그 시선을 눈치채고는 나를 흘겨본다.

"죄송합니다. 무례했습니다."

"알기는 아시는군요."

'전에 어디서 본 적이 있습니까?'라고 묻는다면 꼴이 더 우스워질 뿐이었다. 아무리 그런 느낌이 들었다고 해도 이렇게까지 얼굴을 빤히 쳐다본 것은 실례였다. 상대가 여자라고, 보스에게 곧 버림받을 여자라고 얕잡아 보아서는 안 되었다.

"그리고 어제는 그렇게 거절을 해놓으시고는 이제 와서는 부탁하지도 않은 경호를 맡겠다니요. 도대체 무슨 마음을 먹고 저를 찾아오셨죠?"

"그것은……."

민망하지만 배를 되돌릴 수도 없다. 어쨌든 지금 제시한 거래는 이루어져야만 한다. 두단의 제안이다. 부인이 원하는 대로 아무 일도 하지 않았을 뿐이라고 변명할 수는 없다.

"엄마, 내 노래 어땠어요?"

그 순간 이 황망한 분위기에 구세주가 나타났다. 두단과 마디나의 아들이 성가대 연습 도중 곡이 끝난 사이 예배석의 엄마를 찾아온 것이었다. 마디나의 아들인 것은 알아보겠는데 두단의 아들인 것은 알아보기가 어렵다. 행성 헤론의 암흑계를 주름잡는 그 투견 같은 인물의 피를 이었다지만 그저 순박한 강아지 같은 모습이니 말이다.

꼬마는 그렇게나 좋아하는 엄마의 옆에 이상한 남자가 있는 모습을 보고는 살짝 경계를 한다. 하지만 이내 어제 보았던 사이임을 알아차렸는지 표정이 누그러진다.

"아. 인형 갖고 노는 아저씨다."

"그래, 꼬마. 그 아저씨다."

이번에는 마디나가 불안한 얼굴이다. 나는 경계심을 풀기
위해 설명을 덧붙인다.

"어제 제가 길거리공연을 할 때 봤습니다."

"그랬지요."

"엄마. 이 아저씨는 왜 왔어요?"

말을 고른다. 어쩌면 이 상황에서는 아무 대꾸를 하지 않고
마디나에게 주도권을 넘기는 것이 좋을지도 모르겠다. 아이
를 납득시키는 건 아이의 가족에게 맡기는 것이 더 안전할 테
니까.

"새로 오신 음악 선생님이야. 누 선생님이 성야제 콘서트
준비로 바빠서서 레슨을 쉬고 계시잖니? 그러니 그사이에만
이분께 지도를 부탁드리자꾸나."

"에엥, 이 아저씨는 연주 별로인데?"

"하지만 인형을 춤추게 할 수 있는 분이시잖니. 앞으로 무대
경험을 하게 될 때를 대비해서 이런저런 연습을 해보는 편이
좋을 거야. 누 선생님이 돌아오실 때까지니까, 조금만 참으렴."

"흥. 뭐 그렇다면야."

다시 합창 연습이 시작되자 아이는 말없이 성가대 친구들
이 서 있는 곳을 향해 쪼르르 달려간다. 마디나는 나에게는 보
여준 적 없던 부드러운 얼굴로 아이에게 손을 흔들어 응원한

다. 나 역시 덩달아 아이에게 웃음을 보인다. 이 미소 정도로
모자 둘 모두의 경계가 조금이나마 누그러진다면 좋으련만.

"감사합니다."

"감사할 것 없어요. 이쪽으로서도 선택의 여지가 없었으니
까."

그럴 것이다. 도대체 행성 헤론의 어떤 정신 나간 작자가
두단을 암살해달라는 의뢰를 받겠는가. 나 정도만큼이라도
돕겠다고 나서는 사람조차 드물 것이다. 그리고 나 역시, 두단
의 제안이 아니었다면 성당에 들어와 이런 우스꽝스러운 인
형극의 등장인물이 되지도 않았을 것이고.

"아드님이 몇 살입니까?"

"올해로 열한 살이에요. 이번 성야제에서 세례를 받을 나이
지요."

"그렇습니까."

잠시 뜸을 들인다. 호흡이다. 악보를 갓 읽기 시작한 초보
연주자들은 음표를 보는 데 정신이 팔려 곡을 놓치고 만다. 중
요한 것은 음과 음 사이의 간극이고 호흡이다. 연주도. 암살
도. 거짓말도. 이 호흡을 잊어서는 안 된다.

"아들이 살아 있었다면 그 녀석도 곧 세례받을 준비를 했을
겁니다."

"······그런가요."

"성야제도 다가왔고, 아드님을 보니 옛 생각이 잠시 났습니다. 제가 부인을 찾아뵌 이유는 그뿐입니다."

"알겠어요. 자세한 것은 아이 연습이 끝나고 말씀드리겠어요."

그 이후로 마디나는 말이 없다. 아마 답이 되었나 보다. 성야제가 다가온 이 시점에, 성당에 앉아 몇 번이고 거짓말을 반복하다니. 하지만 어쩔 수 없다. 나는 이제 두단의 제안에 응했고, 두단은 약속을 지킬 것이다. 그러니 천주님. 부디 그때까지만 이 죄인을 눈감아주시길. 잠시만 기다려주신다면. 기다려만 주신다면. 제 죗값은 반드시 치르겠나이다.

6

이것은 꿈이다. 내가 지금 꿈을 꾸고 있다는 것을 알아차린 이유는 별것 아니다. 소리가 들리지 않기 때문이다. 어떤 사람은 흑백으로 꿈을 꾼다고도 하고 어떤 사람은 촉감만 느껴지는 꿈을 꾼다고도 한다. 각자의 꿈마다 오감이 활동하는 방식이 다르다는 이야기다. 내 꿈은 소리가 들리지 않는다. 그러니 나는 지금 꿈을 꾸고 있음을 알 수 있다.

음악에 재능이 더 있었다면 꿈에서도 노래를 들을 수 있었을지도 모른다. 나는 악사의 길을 접은 것보다 꿈에서 노래를 들을 수 없다는 것이 더 아쉬운지도 모르겠다. 지금 이 순간. 아무리 귀를 기울여도, 꿈속의 그녀가 노래를 부르고 있는데도, 어떤 소리도 들리지 않는다. 무척이나. 무척이나 분하다.

'_____'

'_____?'

'_____'

꿈속의 그녀는 노래를 멈추고 나에게 깜짝 놀랄 만한 소식을 들려준다. 여전히 목소리는 들리지 않는다. 그저 입 모양과 그날의 기억으로 그 내용을 유추할 뿐이다. 꿈속의 나는 포근한 침대 위에 누워 따스한 그녀의 몸을 안고서 놀란 표정을 짓는다.

'_____'

'_____'

'_____!'

한껏 커진 그녀의 눈동자에 비친 내 얼굴은 웃고 있다. 기뻐하는 그녀의 머리를 쓰다듬는다. 귓가에 대고 방금 들려준 말을 또다시 속삭인다. 다시 한번 강하게 그녀를 포옹한 뒤 만족감과 함께 잠들려고 한다.

여기까지다. 여기까지면 된다. 나는 각기 만족한 나와 그녀를 바라본다. 꿈이기에 나는 내가 보인다. 꿈이기에 나는 이 다음에 일어날 일을 알고 있다. 이제는 몇 년 전이지만 이 꿈에서는 몇 분 뒤에 일어날 일이다. 간절하게. 지독하고 간절하게. 이 어리석은 한 남자와 한 여자의 잠든 모습을 지켜본다.

그리고 이제. 이 남자와 여자를 바라보는 사람은 나 하나만
이 아니다.

'——————!'

내 바람과는 다르게 이 꿈에는 그 뒤가 있다. 몇 번이고 다
시 꾼 꿈이기 때문에 잘 알고 있다.

등장인물이 하나 더 늘어난다. 여자의 남편이다. 그의 얼굴
은 분노의 불길에 녹아내린 것처럼 일그러져 있다. 여자의 남
편이 크게 일갈하자 여자는 어이없는 변명을 반복한다. 아까
까지 아름답게 성가를 부르던 목소리로 우스꽝스러운 거짓을
노래한다. 여자의 남편에게는 들리지 않는다. 아니. 들릴수록
분노의 불길은 더욱 거세진다.

나는 여자와 여자의 남편 사이를 가로막는다. 지금 생각해
도 멍청한 짓거리였다. 덮었던 이불 말고는 내 벗은 몸을 가릴
수 있는 것이 하나도 없었다. 말 그대로 적나라하게 나와 그녀
사이를 보여주는 꼴이었다.

'——————,'

'——————!'

'——————!'

남자는 나를 거세게 밀친다. 나는 그녀와 달리 별다른 변명
을 떠올리지 못했다. 남자는 그런 내 모습에 더더욱 화를 냈

다. 이제 와 돌이켜보면 그 순간 어떤 말을 하든 남자의 화를 가라앉히기는 힘들었을 것이다. 하지만 그럼에도 그때는 무엇이라도 해야 한다고 생각했다. 어리석었다.

'——————!'

그녀는 나와 남자 사이를 가로막았다. 그리고 외쳤다. 이제는 너무나도 익숙한 그 호흡으로. 외쳤다. 그녀는 고개를 돌려 나를 바라보았다. 원망으로 가득 찬 눈빛에 배신감을 더해서. 어이없다는 듯이.

나는 그녀의 눈을 바라볼 수 없었다. 시선을 피했다. 그곳에는 남자의 눈이 있었다. 결국에 나는 눈을 질끈 감아버렸다. 남자는 나를 밀쳐 넘어뜨린다.

'——————!'

그녀가 비명을 질렀다. 나는 다시 눈을 떴다. 남자는 나를 향해 총구를 겨누고 있었다. 불꽃이 튀었다. 꿈이기에 들리지 않는 총성은 소리가 아닌 열기와 진동으로 느껴졌다. 그리고 그녀가 내 앞으로 뛰어들었다.

언제나 너무 가벼운 것 아니냐며 놀렸던 그녀의 몸이 무겁게 나를 짓누른다. 피가 번져 축축하게 내 몸을 적시는 것이 느껴진다. 그녀의 온기가 순식간에 사라지는 것이 느껴진다. 도대체 나는 왜 꿈에서 청각을 잃는 대신 이리도 생생한 촉각을 가지는 것인지, 우습다.

'──────!'

남자는 오열한다. 나를 밀치고는 그녀를 빼앗아 품에 안는다. 나는 어느 순간부터 안도를 하고 만다. 하지만 그래서는 안 됐다.

'──────'

그녀는 마지막의 마지막 순간까지도 나를 바라보았다. 남자는 울면서 그녀를 안아 들고는 방 밖으로 나간다. 나는 그 모습을 그저 지켜볼 뿐이다. 현관문이 닫히는 소리가 들리고 그녀와 남자가 멀리 떠났음을 확인한 뒤에야 입이 열렸다.

미안해.

미안해. 드웨이트.

미안해. 형.

* * *

"괜찮아요? 잠을 설치는 것 같았는데."

"……별것 아닙니다. 저 때문에 깨어났다면 미안합니다."

마디나는 졸린 목소리다. 그러고는 다시 내 품 안에 안긴다. 다리가 감겨온다. 흑단 같은 그녀의 몸이 명장이 만든 의

자처럼 내 하반신에 착 달라붙는다. 나는 옅은 적포도주 같은 그녀의 머리칼에 코를 묻는다.

"나 때문인가요?"

"그렇지 않습니다."

낮에 또박또박 대답하던 태도와는 달리 말 곳곳에 피곤함이 묻어난다. 피곤할 만한 일을 했다. 마다나도, 나도 참지 못했다. 그녀가 쿡쿡거리며 웃는 것이 가슴팍을 통해 전해진다.

"다행이군요. 오랜만이어서 잘 못할 것 같았어요."

"아닙니다."

"정말이지 거짓말에는 재주가 없다니까. 다른 건 제법 잘하는 주제에. 알았어요. 더 이상 캐묻지는 않을게요. 나에게도 자존심이란 게 있으니까요."

마다나는 양손으로 내 가슴을 밀어내고는 침대에서 일어난다. 그리고 테이블 위에 놓여 있던 컵에 물을 따라서 마신다. 그녀가 그 가는 목으로 액체를 삼키는 모습을 지켜본다. 동백꽃의 향기가 내 몸에도 번지는 것 같다. 오랜만에 그 꿈을 다시 꾼 이유가 짐작이 간다.

이 잠자리는 계약 조건 중 하나다. 마다나 나름의 보험이라고 할 수도 있다. 내가 두단의 의뢰를 받은 사람이었다면 마다나와 이런 관계가 되지 못하리라 여겼기 때문이다.

제법 영리한 제안이다. 마디나의 계산과는 달리 나는 이 거래를 받아들일 수밖에 없었다는 사실을 제외하면 말이다. 만약 마디나와 그녀의 아들 루벤의 곁에 머물지 못한다면 두단은 제안에 따른 결과를 선사할 것이다. 하지만 마디나와 자는 것은 들키지만 않는다면 내가 손해 볼 일은 없다.

이 잠자리는 그녀 나름의 압박 면접이다. 어쩌면 두단이 계속해서 처의 부탁을 들어줘야 한다고 반복한 것부터가 지금 이 상황에 대한 암시였을지도 모르겠다. 면접의 지원자 역시 내가 처음이 아닐지도 모르고.

"이제는 저를 믿을 수 있으시겠습니까?"

"설마요."

마디나는 코웃음을 치고는 나에게 다가와 내 배 위에 걸터앉아 식물의 줄기처럼 감긴다. 그러고는 내 아랫입술을 살짝 핥고는 웃는다.

"두세 번은 더 확인을 해봐야겠네요."

"알겠습니다."

나는 자세를 바꿔 마디나를 짓눌렀다. 그녀의 눈썹이 살짝 찡그려졌지만 부정의 표현은 아니었다. 되레 보채는 투다.

"소리는 너무 내지 마십시오."

마디나는 잠자코 내 명령을 따른다. 나는 머릿속으로 방금

꾸었던 꿈을 반추한다. 이 온기 속이라면 혹시나 그녀의 노래가, 그녀의 목소리가 다시 떠오르지 않을까 기도하며. 하지만 이 희망은 그렇게 쉽게 이루어지지 않았다.

7

겨울 공기가 차다. 하지만 성야제의 들뜬 분위기 덕분에 거리는 열기로 가득하다. 나는 코트 단추를 채우고는 아래를 바라보았다.

"꼬마야, 춥지는 않니? 차를 부를까?"

"아니. 괜찮아."

루벤은 입에서 하얀 입김을 뿜으면서도 기운차다. 어린아이라 열이 많은지 추위를 잘 타지 않는다. 이렇게 천진난만한 모습을 보고 누가 이 아이가 두단의 아들이라고 상상할 수 있을까? 패밀리 보스의 자식이라기보다는 그저 꼬마로만 보인다.

언제나와 마찬가지로 성야제 공연을 위해 성가대 연습을 마치고 나오는 길. 며칠 전까지만 해도 루벤은 엄마인 마디나

없이 나만 마중을 나온다는 사실에 어색해했지만 이제는 그렇지 않다. 그날 하루 동안 있었던 일들을 태평스럽게 조잘거린다.

"아저씨, 엄마는?"

"집에 계셔. 우피파이를 만들면서 기다리겠다고 하시더라."

달콤한 디저트가 기다린다는 소식에 루벤은 싱글벙글 웃는다. 마디나는 많이 유해졌다. 언제 아들에게 위협이 닥쳐올지 모른다는 공포에 흠뻑 젖어 있던 그녀는 직접 경호원을 고용한 것만으로도 조금 안심을 한 모양이다. 이제는 결코 눈을 떼지 않던 아들의 곁에서도 떨어져 요리하는 시간을 가질 정도가 되었으니 말이다.

덕분에 나는 팔자에도 없는 베이비시터 노릇을 한다. 킬러라는 직업도 상상하지 못했지만 킬러에다 보디가드에 베이비시터까지 겸업하게 될 줄이야. 어쩐지 우습다.

"오늘도 엉터리 연주 할 거야?"

"오늘도 엉터리 연주 할 거야."

마디나는 나를 겨울방학 동안 루벤을 가르쳐줄 음악 교사로 고용했다. 대외적으로는 말이다. 두단은 이미 일이 이렇게 진행될 것임을 나에게 보고받았기에 군말 없이 마디나의 부탁을 들어주었다.

덕분에 이제 나는 정식으로 두단의 별장에 들어갔다. 휴가철에만 쓰는 곳이라 마디나와 루벤 단둘만이 지내던 곳이다. 덕분에 경호원 계약의 부가 항목을 지키기도 어렵지 않다.

"누 선생님처럼 멋진 연주에 맞춰서 노래하고 싶어."

"아쉽게 됐구나."

"그래도 거리공연은 좋아."

그렇다. 나의 알리바이를 위한 거리공연에 정규 게스트가 하나 늘었다. 내가 봐도 루벤의 음악적 재능은 나 따위보다 출중하다. 내가 인형을 춤추게 할 줄 모르는 악사라면 루벤은 춤추는 법을 깨우치게 해줄 악사다.

건반악기가 아닌 현악기를 가르쳐줄 교사로서 불려온 것이기도 하지만 그것만으로는 길거리 악사에 불과한 나를 고용하기에는 영 핑곗거리가 부족하다. 두단의 입김은 행성 헤론의 예술계에도 미치니까. 어느 대학의 잘나신 교수님이 후일을 위해 제발 가르치게 해달라고 뇌물을 바치며 절을 해도 쉽게 얻을 수 있는 자리는 아니다.

"이번에는 어떤 곡을 할 거야?"

"민요야."

"민요?"

"그래. 이곳 말고 다른 행성의 어떤 부족에게 오래도록 전해 내려오는 노래야."

둘이서 걷다 보니 어느새 행성 헤론의 번화가에 도착했다. 정기적인 공연을 위해 시청에 신청을 다시 했다. 더 좋은 장소에 더 좋은 시간대로. 두단의 아들과 그 음악 선생이 하는 부탁이니 당연히 프리패스다. 아니, 루벤의 노래는 콘서트홀 메인에서 공연해도 전혀 놀랍지 않을 수준이니까. 오히려 시청에서 감사해야 할 정도다.

거리 구석에 간단히 무대를 세팅한다. 무대라고 해봤자 간이 의자를 펼쳐놓고 모금함을 앞에 놓는 것이 전부이니 그렇게 오래 걸리지는 않는다. 나는 악기 케이스에서 마두금을 꺼내고 악기를 점검했다.

"이 마두금도 그 부족의 전통 악기지. 초원을 유랑하며 다른 부족과 부족 사이를 연결하는 중개상 역할을 했어. 하지만 그 정신은 어디까지나 유랑극단이었다. 기예를 갈고 닦아 역사를 노래하고 한 세대에서 다음 세대로 영혼을 전수하는 유랑극단."

"유랑이 뭐야?"

"어디든 갈 수 있다는 이야기야."

악기 점검이 끝났으니 인형들을 살필 차례다. 큉 능력으로 조종하는 인형이기에 실이나 모터도 달려 있지 않았으므로

이 역시 대단한 일은 아니다. 그저 관절이 상하지 않았는지, 건조한 날씨에 나뭇결이 갈라지지는 않았는지 살피는 정도다.

체크를 마치고 인형들을 일렬로 줄 세워 몇 가지 동작을 시켜보았다. 사람으로 치면 준비체조 같은 것이다. 숫자는 많지만 크기도 작고 인공 근육이 아닌 관절로 움직이는 인형들을 눈앞에서 다루는 일. 어머니 기준으로는 기예로 치지도 못할 수준이다. 아마 형이었다면. 드웨이트였다면 이보다는.

"이곳에서 저곳으로. 또 저곳에서 저 다른 곳으로. 별을 따라서 행성을 여행하는 부족이었다. 만나는 모든 것을 노래로 바꾸고 춤으로 고쳐 사람에서 사람으로 전하는 것이 업이었지. 몇 세기도 전의 일이지만 그 전통은 아직까지 이어지고 있어."

"아저씨도 그 부족 사람이야?"

"……이제는 아니야."

멍청한 놈. 어린아이 앞에서 무슨 망령이 나서 옛이야기를 주절거리는 것인가. 요 며칠 사람 죽일 생각을 하지 않다 보니 그새 독기가 빠진 것인가. 나 자신의 한심함에 진절머리가 난다.

루벤은 내 안색을 살핀다. 나는 민망함을 감추려 웃어 보인다. 공연을 앞두고 이 무슨 얼빠진 노릇인지. 분위기가 어색해지지 않게 활을 들어 마두금의 현에 맞춘다. 기왕 조금은 밝은 리듬으로. 몇 년 만에 듣는 것인지 모를 고향의 음색을 켠다.

* * *

"고맙습니다!"

짝짝짝. 쏟아지는 박수 소리. 오늘도 공연은 환호성과 함께 끝이 났다. 매일 장소를 옮겨가면서 공연을 하는데도 이토록 반응이 좋은 걸 봐서는 루벤의 재능이 보통이 아닌 셈이다. 일부러 공연 직전에야 악보를 보여주는데도 이 정도까지 노래한다는 것부터가 놀랍다.

신이 난 루벤이 공연을 지켜보느라 멈춰 섰던 행인들에게 인사하는 사이 나는 인형과 악기를 정리한다. 이렇게 밀집한 군중 자체가 암살자를 막는 벽이다.

만약 경호원의 숫자가 팀을 이룰 만큼만 되었다면 좁은 건물에서 철통같은 경호 시스템을 정비했을 것이다. 하지만 지금 이 일을 맡은 사람은 고작 하나. 그것도 전투 퀸이 아닌 마리오네트 기술만 있는 나였으니 이런 악수를 둘 수밖에 없다.

"꼬마야. 움직이자."

"응."

이동할 때가 가장 큰 문제다. 행인들이 벽이 되어도 높은 곳에서의 저격은 속수무책이기 때문이다. 그나마 공연장 근처에 저격수들이 숨을 만한 곳은 벌써 체크를 끝내놓았지만, 집으로 돌아가는 길에 지나치는 빌딩 전체를 다 살펴볼 수는 없다.

마디나가 걱정하는 것과 달리 두단이 루벤을 노리지 않는 것은 분명하다. 하지만 패밀리 보스의 아들이라면 어떤 일이 생겨도 놀랍지는 않다. 위험을 계산하지 않을 수는 없다.

"오늘도 버스 타?"

"아니, 지하철."

"와!"

루벤이 폴짝폴짝 뛰면서 좋아한다. 너무 앞장서서 달려 나가지 않도록 주의를 줘야 할 정도다. 어쩌면 저렇게 속이 태평한지.

평소의 마디나나 루벤이라면 다른 곳으로 갈 때 안전 따위는 걱정할 일 없이 패밀리에서 준비한, 방탄 차량을 이용하면 충분했을 일이다. 하지만 마디나가 가장 경계하는 것이 패밀리와 그 보스인 두단인 지금은 그보다 못한 하책들만 남아 있다. 지하철이나 버스 같은 대중교통들 말이다.

그나마 다행이라면 루벤이 또래의 꼬마들답게 기차 같은 탈것을 좋아한다는 점 정도일까. 두단이나 마디나가 어떻게 아이를 키운 것인지 모르겠지만, 루벤은 유력자의 자식이라고 보기에는 너무나도 천진난만한 꼬마다. 패밀리의 독재자 밑에서 자라면서 무소불위의 권력을 휘두르며 세상 무서운 줄 모르는 철부지로 자라지 않았다는 것은 조금 놀랍다.

"아저씨, 오늘은 돌아가면 뭘 할 거야?"

"글쎄다. 퍼즐을 맞춰도 좋고 책을 읽어도 좋고. 꼬마는 뭘 하고 싶지?"

"음…… 나는 게임을 할 거야."

"괜찮은 아이디어네."

요즘 내 하루가 이렇다. 아침에 일어나면 루벤을 데리고 성당에 가 합창 연습 하는 것을 지켜본 뒤 점심시간을 갖고 연습을 마치면 한 시간 정도 거리공연을 한다. 그리고 별장으로 돌아와 저녁을 먹고는 쉰다. 암살자에게는 과분한 일이다.

—야고보. 지하철은 타셨나요?

눈앞에 스크린이 열린다. 마디나가 공개 채널로 연락을 해왔다. 스크린 안의 마디나는 헐렁거리는 편안한 옷을 입고 머리도 단정히 묶은 모습이다. 긴장감이 역력했던 첫 만남 때와는 완전히 다른 분위기다.

"아직입니다. 역으로 가는 길입니다."

—그래요? 다행이네. 오늘은 간단히 파스타를 하려는데 소

스가 떨어졌네. 리스트를 보낼 테니까 오는 길에 이것저것 좀 사 와요.

"저는 아드님의 음악 선생이지 심부름꾼이 아닙니다."

스크린 안의 마디나는 피식하고 웃더니 나를 흘겨본다. 그러고는 손가락으로 장 볼 리스트가 담긴 파일을 끌어다가 스크린 안으로 튕겨 넣는다.

—아직 확인을 몇 번 더 해볼 예정이니까 벌써부터 건방지게 굴지는 말아요. 리스트 보낼게요.

"알겠습니다."

마디나는 용무가 끝나자 바로 나와의 스크린을 끄고는 루벤에게 연락해왔다.

성야제 주간의 밤공기를 즐겼다. 아마 앞으로 몇 주간만 내가 가질 수 있는. 내가 가지리라 생각할 수 없었던. 그런 평화로운 일상이다. 성야제 연휴가 끝날 때까지만 있을 짧은 휴가라고 생각하더라도 겨울의 추위를 잠시 잊은 것만으로도 감사한 일이다, 라고. 진심으로 그렇게 생각했다.

나의 믿음은 곧바로 깨지게 될 테지만.

8

"오래 고민한다고 더 좋은 수가 나올 것 같지는 않은데?"

"아저씨, 그건 해보기 전까지는 모르는 거지."

그날 저녁, 루벤은 집에 돌아와서 손을 씻자마자 거실 바닥에 장기판을 깔아놓고는 잽싸게 말을 배치해 승부를 걸어왔다. 어제의 3연패가 내심 분했던 모양이다. 검은 말과 하얀 말은 금세 대칭을 이뤄 진격을 준비한다.

루벤이 가진 장기 세트는 무척이나 고급품이다. 말들이 사람의 형상을 온전히 띠고 있어서 내 능력으로 움직일 수 있을 정도도. 나도 내가 쓸 검은 말들 몇 개를 퀑 기술로 움직여 놓아야 할 위치로 옮겼다. 게임을 시작한 지 삼십분 남짓 되었을까. 슬슬 이번 승부도 그 끝이 보인다.

"네 패는 이제 넷밖에 남지 않았는데? 이 지경까지 와서 전세를 엎기란 쉽지 않지."

"하지만 패가 놓인 위치는 적당한걸. 병사들이 골고루 왕을 지키고 있어."

"어느 병사들?"

"이 병사는 저 병사한테서, 저 병사는 이 병사한테서 지켜. 왕은 그 사이에 안전하고."

루벤의 말대로 판의 형세 자체는 잘 유지한 편이다. 그러나 내 남은 패는 이제 일곱. 어쨌든 대등한 말의 대결이라 보기는 어렵다. 결국 물량의 싸움이다. 그리고 이만큼이나 앞섰다면 이젠 천천히 루벤의 말을 하나씩 줄여나가기만 하면 된다. 저녁 시간에 맞춰서 루벤을 굴복시킬 수 있느냐의 문제일 뿐이다.

"아저씨, 내기할래?"

"내기?"

"응. 내기 장기."

"블러핑 솜씨는 좋네. 블러핑이 뭔지는 알고 있어? 허세를 부리는 거야. 이길 수 없는 걸 이길 수 있다고 겁을 줘서 이기는 거지. 하지만 그건 카드게임에 먹힐 재능이지 장기에는 맞지 않는 것 같다."

한참 병정들을 요새 곳곳에 배치하던 루벤의 손놀림이 멈춘다. 그러고는 어이없다는 표정으로 어른인 나를 노려본다. 아이의 장난에 너무 캐물었는지도 모르겠다고 생각했다.

"아냐. 아저씨가 틀렸어."

하지만 루벤의 대답은 예상보다 단호하다. 나는 조금 놀라서 잠시 멍하니 루벤을 쳐다보았다. 두단이 루벤에게 패밀리를 물려줄 생각이 없다고 하긴 했지만 그 나름의 철학은 분명히 교육한 모양이다. 어린아이가 승부욕만큼은 두단이 패밀리를 3대째 영구불멸에 가까운 조직으로 성장시키는 모습이 떠오를 정도였으니까.

다음 한 수로 병사들의 배치가 끝나자 루벤은 만족스러운 표정을 하고는 자신의 창조물을 바라보았다. 그리고 천주님이 이렛날을 보내신 것과 마찬가지로 루벤은 곧장 장기판 위의 팻감들을 바라보며 내가 둘 다음 수를 기다린다. 나도 곧 팔짱을 낀 채로 장기판을 노려보며 다음 수를 고민한다.

"꼬마야. 내기를 하면 뭘 걸 건데? 딱밤?"

"음…… 내가 제일 아끼는 장난감을 줄게."

"자신만만하군."

"하지만 아저씨는 뭘 줄 건데?"

루벤은 웃으면서 되묻는다. 흠. 제법 강경한 태도다. 루벤 또래에게 장난감보다 귀한 보물이 어디 있겠는가? 하지만 아쉽게도 나에게는 이 판돈에 상응하는 물건 따위는 하나도 갖고 있지 않다. 공연을 위한 마두금과 인형이 몇 개 있기는 하지만 아낀다고 말할 수 있을지는 모르겠다. 그런 감각은 내게는 너무 오래되었다.

결국에는 좀 한심한 선택지밖에 남지 않는다. 돈 말이다.

"원하는 장난감 하나 정도는 선물해주지. 성야제이기도 하니까."

"비싼 거도 돼?"

하.

"아니. 싼 거."

"하."

어린아이라고는 해도 행성 헤론의 지배자 아드님의 씀씀이를 몰라봤다. 나는 피식 웃고는 팔짱을 낀 채로 능력을 써 졸 하나를 5-b로 전진시킨다. 루벤은 아직 졸을 쓰는 법을 모른다. 재미난 게임은 졸을 쓸 줄 알면서부터인데. 이 수의 의미를 알아차리기는 할까?

하지만 루벤은 자그마한 탄성을 짓고는 내 퀑 기술을 바라본다. 장난감에 한창 빠져 있을 나이의 아이에게 내 능력만큼이나 탐나는 것은 아마 없을 것이다. 하지만 이내 마디나가 부엌에서 나와서는 루벤과 나의 대국을 중단시킨다.

"아가들, 이제 곧 밥 먹을 시간이야. 장난감은 정리하세요."

아가들이라. 어느새 열 살짜리 꼬마 아이와 동류 취급이다. 하기야. 이 왕국에서 가장 장난감을 열심히 움직인 사람은 큄 기술을 쓰고 있는 나니까 틀린 구분은 아니겠다.

"루벤. 엄마 말 들어야지?"

"안 돼. 하지 마, 엄마!"

루벤은 뒤에서 자신을 끌어안고는 간지럼을 태워대는 마디나에게 웃음소리 가득한 비명을 지른다. 행복한 표정으로 깔깔거리며 서로를 껴안는 모자. 나는 이 성야제다운 풍경을 그만 잠깐 넋을 잃고 바라보고 말았다.

"선생님, 부엌에서 그릇 좀 놔주세요. 루벤은 여기 청소하고."

마디나는 내 시선을 눈치채고는 쑥스러워졌는지 조금 딱딱한 말투로 나에게 부탁을 했다. 하지만 그 눈빛은 여전히 부드러웠다. 나는 고개를 끄덕이고는 소파에서 일어나 부엌으로 향했다.

* * *

"맛은 어때요?"

"맛있어요!"

"좋습니다."

이번만큼은 마디나도 불신의 눈으로 나를 보지 않는다. 음식 솜씨에 제법 자신이 있나 보다. 나도 빈말로 대답한 것은 아니다. 마디나가 만든 파스타는 딱 요리에 관심이 있는 사람이 만들 수 있는 간단한 수준이기는 하다. 하지만 재료의 질이 웬만한 호텔이나 레스토랑에 납품될 수 있을 정도로 높았다.

방금 마디나의 심부름으로 루벤과 들렀던 곳은 행성 헤론의 유력자들 전용 쇼핑몰이었다. 그러니 취급하는 상품도 여간 고급스러운 게 아니었다. 이 일을 시작하면서부터 내 생활 여건이 전반적으로 개선된 것은 사실이다.

"선생님이 이번에는 거짓말을 하지 않으시네. 정말 맛있으신가 보다. 그렇지 루벤?"

"응."

"선생님이 맛있게 드시니 저도 기분이 좋네요. 루벤이 먹는 걸 보는 것도 좋지만 이 아이는 입이 짧아서."

"아직 어리니까 그렇지."

"그래, 어서 자라서 엄마한테 잘 먹는 모습 좀 보여줘."

마디나와 루벤은 접시까지 싹싹 긁어 먹는 나를 보며 웃는다. 그렇게 티가 났나. 나 역시 멋쩍게 웃어 보였다. 어쨌든 제법 화기애애한 식사 시간이다. 그 뒤로도 이런저런 잡담이 이어졌다. 성가대에서 친하게 지내는 루벤의 친구들이나 성야제 공연 연습 중에 일어난 일들에 대한 사소한 잡담들. 나는 약간의 만복감을 즐기면서 루벤이 신이 나 조잘거리는 이야기를 홀리듯이 들었다.

"엄마."

"왜?"

"아저씨는 언제까지 계세요?"

"글쎄다. 누 선생님이 성야제 공연을 마치고 잠깐 휴가를 가지신다 했으니 새해가 되면 곧 돌아가시겠구나. 왜? 선생님이 좀 더 오래 계시면 좋겠어?"

"아니……."

루벤은 부끄러움을 타는지 고개를 푹 숙인다. 마디나는 쑥스러워하는 아들과 웃고 있는 나를 번갈아 보며 귀여워죽겠지 않느냐는 듯이 미소를 짓는다.

"선생님은…… 잠시만."

나는 루벤에게 뭐라 대답을 하려다 말을 멈췄다. 그리고 자리에서 일어나 손짓으로 마디나를 따로 불렀다. 마디나는 의아한 얼굴로 나의 요청에 묵묵히 따른다. 나는 마디나를 부엌으로 끌고 가 속삭였다.

78

"퀑 능력으로 누가 이 집 근처로 오는 것을 감지했습니다. 제 그릇을 치워주십시오."

"암살자인가요?"

마디나의 표정이 굳는다. 나는 답답한 마음에 그만 목소리를 높일 뻔했다.

"아니요. 다른 사람입니다."

그 순간 대형 승용차가 정차하는 소리가 들렸다. 이 성의 주인. 두단이다.

9

"마디나, 오랜만이군. 루벤은 어디 있지?"

"식당에…… 밥 먹고 있어요."

나와 마디나는 현관에서 두단을 맞았다. 두단이 차를 세우는 사이 이것저것 숨겨야 할 것들을 숨기고 정리해야 할 것을 정리하느라 정신이 없었지만 두단이 오고 있다는 것을 일찍 감지한 덕에 얼추 시간을 맞출 수 있었다.

두단은 처음 만났을 때처럼 시큰둥한 표정으로 이곳저곳에 다른 남자의 손길이 닿은 자신의 별장을 바라본다. 자신의 영역에 떠돌이 개가 들어와 헤집고 다닌 것을 알아차린 불도그처럼 곳곳의 냄새를 맡는다. 하지만 성은 내지 않는다. 약한 개나 짖는 법이다.

"그래. 옆에 있는 이 젊은이는 누구야?"

"루벤의 입주 가정교사예요. 집사장님한테도 허락을 맡았는데⋯⋯."

"나도 들었어. 새 선생이 이 양반이군. 반가워. 나 두단이야."

"만나뵙게 되어 반갑습니다. 야고보라고 합니다."

두단은 악수를 권하는 동시에 쇠파이프 같은 안광으로 나를 잠깐 내리친다. 우리 둘이 이전에는 만난 적이 없는 것처럼 알아서 잘 처신하라는 묵언의 암시. 나는 말없이 두단과 악수를 하며 알겠다는 사인을 보낸다.

"식사는⋯⋯."

"먹고 왔어. 갑자기 찾아와서 밥까지 달라고 하면 좀 그렇잖아."

두단이 나름의 배려를 하는 모습에도 마디나는 질겁한 표정으로 말없이 고개만 끄덕인다. 예상하지 못한 두단의 방문에 어쩔 줄 몰라 하는 모습이다. 반면 두단은 별다른 신경을 쓰지 않는 눈치다.

두단은 도대체 무슨 생각으로 이렇게 급작스레 방문했을까? 별장의 주인이 별장을 찾는 것 자체야 의아할 일이 아니지만 두단과 마디나 그리고 나 이 셋 사이의 관계를 생각하면 누구에게든 불편할 상황이다. 두단은 성가신 아내를, 마디나는 두려운 남편을, 나는 비밀리에 계약한 고용주를 한자리에서 마주하게 되었으니까.

내 의문도 잠시, 이 불편한 세 인물을 한곳에 묶는 주인공의 등장과 함께 곧 해답을 얻을 수 있었다.

"아빠, 오셨어요?"

루벤이 현관으로 나와 인사를 한 것이다. 루벤은 평소와는 달리 얌전한 태도다. 아무리 하늘 높은 줄 모를 나이의 장난꾸러기라도 자기 아버지에게만큼은 존경심을 품게 되는 것일까. 두단의 굳은 얼굴도 루벤의 앞에서만큼은 조금 부드러워진다. 언제나 힘을 한가득 주고 있던 두터운 턱이 미소로 풀어진다.

하지만 마디나만큼은 다르다. 이 여자의 눈에서 독기마저 느껴진다. 직전까지의 그 겁먹은 표정은 순식간에 사라졌다. 초식동물이든 육식동물이든, 새끼를 지켜야만 한다는 보호본능은 언제나 공격적으로 돌출된다. 당장이라도 소리를 지르며 자식을 품에 안고 도망치기 직전인 마디나의 태도에 나는 적잖이 놀랐지만 어쨌든 제삼자인 내가 끼어들 상황은 아니다.

"두 분이 볼일이 있으시다면 저는 그만 제 방으로 들어가겠습니다."

마디나는 잠시 고개를 돌려 간절하게 나를 바라본다. 나도 나를 조금은 믿어달라는 의미로 굳은 표정을 보여주었지만 효과는 미미했다. 두단이 행성 헤론의 암흑가를 지배하는 인물이기는 해도 어쨌든 나는 퀑이고 두단은 일반인이다. 내가 자리를 뜨더라도 이 집은 지금 온전히 내 통제하에 있다. 마디나는 이를 실감하진 못해도 알고는 있다. 그리고 내가 두단을 죽이지는 못할 것이라는 사실 또한 알고 있다.

"아니야. 응접실로 가지. 선생한테도 할 이야기가 있으니까. 이 향기는 우피파이인가? 오랜만이니 그것도 한 접시 내오고."

두단은 방으로 올라가려는 나를 불러 세웠다. 이 미묘한 대치는 처음부터 그가 의도한 것일까. 나는 말없이 고개를 끄덕이고는 그의 말을 따랐다. 아무래도 쉽지 않은 저녁이 될 예감이다.

* * *

두단은 응접실에 앉아 여러 가지 잡담을 꺼냈다. 하지만 두단은 적극적인 화자는 아니었다. 패밀리의 보스에게는 열심히 입을 열어서 남의 비위를 맞출 일이 없어서일지도 모르겠다. 그저 루벤의 성가대 활동이나 마디나의 요리 솜씨 그리고 어쨌든 외부적으로는 입주 가정교사로 알려진 나의 음악 활동 같은 몇 가지 사소한 질문을 던지고 대답을 들으면 바로 다음 질문으로 넘어가는 식이었다.

루벤은 평소와 다르게 얌전하게 자리에 앉아 조용히 귀를 기울이고 있었다. 마디나는 새끼를 품은 고양이처럼 신경을 날카롭게 곤두세우고 있었고. 결국 나만이 이 영문 모를 대화에 열심히 맞장구를 쳐야 했다.

"우피파이는 말이야. 지금이야 흔한 디저트지만 나 어릴 때는 고급 음식이었다니까. 이 초콜릿 코팅이 가장 중요한데 하필이면 행성 헤론에서는 카카오를 키우는 농장이 없었어. 기후 때문에 공장에서만 생산이 가능했지."

두단은 우피파이를 네 개째 손으로 집고는 반으로 찢었다. 그러자 그 안에서 하얀 크림이 질척거리면서 흘러나와 초콜릿 코팅은 물론 손가락까지 적신다. 패밀리의 증표인 검지의 반지가 초콜릿 범벅이 되었다가 침 범벅이 된다. 하지만 두단은 신경도 쓰지 않고 두 입에 파이를 해치운 뒤 다섯 개째를 집는다.

"내가 처에게 청혼을 한 것도 다 이 우피파이 맛 때문이었다니까. 선생도 드셔보셨나?"

"예. 얼마 전에 해주셨습니다."

"잘됐어. 이 맛을 나만 알기는 아깝지."

두단은 껄껄 웃더니 손가락으로 마디나를 가리키며 물었다.

"내 처. 어떻게 생각해?"

"친절하신 분이라고 생각합니다."

"그래. 그렇다면 다행이군. 이봐. 당신은 선생을 어떻게 생각하는데?"

"……별생각 없어요."

"하하."

이것 때문에 온 것인가? 질투? 아니. 그런 것 같지는 않다. 두단은 재미없다는 표정으로 마디나의 눈을 본다. 마디나는 그 안광을 견딜 자신이 없는지 그만 고개를 숙이고 만다. 거짓말에 재주가 없는 사람은 저만이 아닌 것 같습니다, 부인.

"둘이 사이가 나쁘지 않은 것 같으니 다행이야."

"이상한 이야기는 그만두고, 왜 찾아왔는지부터 말해요."

마디나는 그만 인내심이 다했는지 날카로운 말투로 두단을 추궁했다. 목소리가 커지진 않았지만 신경전이 벌어지기에는 충분한 정도였다. 루벤은 아버지와 어머니가 분위기를 험악하게 몰고 가는 것에 어찌할 줄 몰라 고개만 숙이고 있을 뿐이다.

다행히 두단은 마디나를 굳이 이겨먹을 생각까지는 하지

않았다. 잠시 침묵으로 마디나를 진정시키고는 손가락으로 자신의 코끝을 톡톡 건드린 뒤 오늘 이 집을 방문한 이유에 대하여 말했다.

"그래. 본론으로 들어가지. 사실 성야제 주간을 맞아 패밀리 간부인 팜의 아들이 결혼을 하게 되었어. 팜은 이번에 신설한 카카오 공장을 맡긴 놈이기도 해. 하지만 하필이면 결혼식 날 내가 다른 행성에 일정이 있어. 때문에 팜도 그 아들놈도 내가 결혼식에 가지 않는 것을 이상한 신호로 받아들일까 싶더라고."

두단은 조금 풀어진 얼굴로 루벤을 바라보며 말을 이었다. 팜은 나도 알고 있는 인물이다. 두단과는 어릴 때부터 친한 사이로 패밀리의 거물 중 하나다. 간부 사이 중재자 역할을 맡고 있으며 온건파의 수장이나 다름없다는 소문이다. 2인자의 지위를 용납하지 않는 두단의 휘하에서 그만큼이나 자기 지분을 갖고 있다는 것만으로도 처세에 능한 인물임을 알 수 있다. 루벤만큼은 아니지만 늦게 본 자식이 하나 있었던 것으로 기억하는데 아마 그 아들의 결혼식인 것 같다.

"그런데 팜이 내가 결혼식에 가지 못한다면 대신 루벤이라도 와서 축가를 불러주면 어떻겠냐고 제안을 했어. 나쁘지 않은 아이디어 같더라고? 자식 자랑도 이럴 때나 해야지. 이 정

도면 나도 참석하는 것 이상의 성의를 보이는 셈이고. 루벤,
할 수 있겠어?"

"네, 아빠."

"좋아. 그러면 선생은 마디나와 같이 결혼식에 가서 루벤을
챙겨."

"알겠습니다. 회장님."

두단의 제안이다. 거절할 도리는 애초에 내게 없다. 두단은
미소를 지으며 고개를 끄덕였다. 긴장과 피곤으로 가득한 저
녁은 그렇게 끝이 났다.

10

"담배 태우나?"

두단은 담배 케이스를 열며 내게 권한다. 방금 전 급작스러운 응접실에서의 회동이 끝나고 두단은 나를 테라스로 불러냈다.

마디나와 루벤은 두단의 제안에 응하기로 했다. 결혼식장에서의 축가 정도야 어려운 거래는 아니었으니 마디나도 크게 경계하지는 않았다. 시간이 늦었으니 루벤은 곧 침실로 올라갔고 마디나도 방으로 돌아갔다. 결국 남은 건 두단과 나다.

"몇 년 전에 끊었습니다."

"잘 생각했어. 마디나는 담배를 싫어하거든."

두단은 미간을 잠깐 찌푸리고는 입에 문 담배에 불을 붙였다. 겨울 공기에 담배가 바싹 타들어간다. 잠시 동안 두단과 나는 아무 말 없이 새카만 밤하늘 속에서 새하얀 담배 연기가 천천히 흔들리는 모습을 바라보았다.

나는 잠깐 테라스 너머에 마디나가 있지는 않은지 기척을 살펴보았다. 두단이 나를 따로 불러낸 것은 지금까지의 업무가 어떻게 진행되었는지 알아보기 위함일 것이다.

"결혼식은 별로 신경 쓸 일 없을 거야. 팜은 간부 중에서도 꽤 영리한 여자라 이렇다 할 적도 없어. 경호보다는 마디나와 루벤이 예쁜 옷 입고 기분 전환할 수 있게 시중드는 운전수 노릇이라고 생각하도록 해."

"알겠습니다."

"내가 너에게 제안을 했다는 것을 아는 사람은 소장뿐이니까 얌전히 굴고. 일정이나 이런 것들은 조만간 너와 마디나 계정으로 메일이 갈 거야. 마디나와 루벤에게 잘해줘."

"알겠습니다."

"아니. 너 이해를 못 한 것 같은데."

두단은 긴 숨으로 담배를 빨아들인다. 그답지 않은 긴 호흡이 이어진다. 무엇이 이 남자를 망설이게 만드는 것일까. 나는 어쩌면 지금 나올 이야기야말로 두단이 오늘 찾아온 진짜 이유가 아닐까 하는 생각이 들었다.

길고 짙은 연기가 두단의 폐 깊숙한 곳으로부터 내뱉어진다. 하지만 맑은 겨울 하늘에 연기가 다 흩어진 뒤에도 한참 동안이나 두단은 말을 꺼내지 않았다.

"마디나와 루벤이 모자로서 같이 지내는 것은 이번이 마지막이야. 마디나는 내 곁을 떠나겠지만 루벤은 보내지 않을 거라고. 가끔이야 볼 수 있겠지만 이제까지와는 많이 다르겠지. 그러니 추억거리를 만들어주라는 말이야."

"그렇습니까?"

대답은 바로 나왔지만 생각은 계속 이어진다. 그래. 내가 왜 그 생각을 하지 못했을까? 이 모자와 별장 생활을 하는 데 만족한 나머지 두 사람의 상황에 대해서는 전혀 계산을 하지 못했다. 아마 두단이 마디나를 아무 대가 없이 보내준다고 한 것에 긴장이 풀렸던 것일지도 모르겠다. 하지만 루벤은 다르다. 마디나를 향한 두단의 사랑은 식은 지 오래지만 루벤에 대해서는 그렇지가 않았다. 그렇다면 결론은 하나이지 않은가.

동요하지 않으려 애쓰면서도 머릿속은 복잡하다. 마디나와 루벤이 곧 떨어질 사이라고는 생각지도 못하고서 속 편히 지냈다니. 멍청한 놈. 보호자 노릇에 취한 나머지 전후좌우 가리지도 못한 채로 노닥거리기나 하고서는.

두단이 매정한 것일까? 그렇다고 생각할 수는 없었다. 어쨌든 부부 사이가 끝이 나서 양육권 갈등이 생겼을 때 양보만이 답은 아니다. 특히나 패밀리라는 거대한 조직을 운영하는 입장에서는 말이다. 두단이 루벤에게 패밀리를 물려줄 생각이 없다고 공언하기는 했지만 그건 어디까지나 두단의 결정이다. 홀로 된 마디나와 루벤에게 어떤 정치적 아군이나 적군이 생길지는 모르는 노릇이다. 마디나는 두단을 암살하고 싶어 할 정도로 미워하니 어쩔 수 없이 이별을 결정했다지만 루벤은 다르다. 관계도, 위험성도.

그리고 나는 인정해야만 한다. 내가 앞으로 하게 될 일은 정다운 모자의 연을 끊는 일이다. 누군가를 배신하고 속이는 일만이 아니라.

"그 정도는 생각을 하고 움직였어야지. 앞으로는 그걸 염두에 두고 움직여. 마디나가 아들이랑 있을 마지막 성야제라고. 팜이 너에 대해서는 자세히 모르지만 마디나가 어떻게 될지에 관해서는 알고 있어. 그러니 그 녀석이 너를 통해 이런저런 배려를 해줄 테니까 적극 따르라고. 맞다. 너, 마디나랑은 잤냐?"

급작스러운 물음에 나는 또다시 두단에게 주도권을 완전히 빼앗기고 말았다. 두단의 얼굴에는 웃음기라고는 찾아볼 수 없다. 언제나와 마찬가지로 그 불도그 같은 눈으로 사냥감도 되지 못하는, 장난감이나 다름없는 쥐새끼를 노려보듯이 내

두 눈을 응시할 뿐이다.

"다시 한번 말씀해주시겠습니까?"

"마디나랑 잤냐고 물었잖아. 뭐 제대로 대답할 리가 있나. 야고보. 네가 마디나와 잤느냐 자지 않았느냐, 마디나한테 관심이 있느냐 없느냐는 별로 중요한 문제가 아니야. 알겠어?"

"알겠습니다."

"마디나와 자."

귀가 잠깐 이상해졌는지를 의심했다. 남자들이 있는 곳에서 흔히 나오는 질 나쁜 농담이나 희롱성 발언인가 고민했지만 저 표정을 보아서는 결코 그렇게는 보이지 않는다. 남다른 종류의 성욕인가 하면 그것도 아니다. 두단은 그저 사무적이고 실용적인 이유로 내가 자신의 아내를 품에 안기를 요구하는 것이었다.

"이건 제안까지는 아니야. 마디나와 자고 말고를 결정하는 건 마디나니까. 어디까지나 권유이지. 실패해도 네 눈알을 뽑거나 하지는 않아. 하지만 마디나를 끌어들이도록 해. 네가 내가 아닌 마디나에게 충성할 사람이라는 것을 증명하라고."

"죄송하지만 그건……."

"마디나가 결정할 일이지 네가 결정할 일이라고는 하지 않았다. 제안을 원해?"

"······아닙니다."

"좋아. 두고 보겠어."

두단은 테라스 난간에 담배를 비벼 끈 뒤 안으로 들어갔다. 그리고 내 옆에는 겨울 공기 속 담배 향만이 남았다.

* * *

"뭐예요. 당신이에요?"

졸린 목소리로 마디나는 묻는다. 잠든 사이 누군가가 어두운 침실로 들어와 몸을 만졌다는 사실에 제법 놀랐는지 약간은 신경질적인 목소리다. 하지만 나는 아랑곳하지 않고 마디나의 목덜미에 코를 묻었다. 동백꽃 향기. 불을 켜려는 마디나의 손목을 살며시 잡아 내 목을 감도록 이끈다.

두단이 돌아간 뒤 마디나는 뒷정리를 마치고 곧 침실로 돌아갔지만, 나는 테라스에 남아 술을 반병 정도 마시면서 생각을 정리하려 애썼다. 하지만 결국 제대로 된 결론은 내리지 못했다.

누군가의 온기로 덥혀진 이불 속에 파고드는 배덕감이란. 나는 곧장 셔츠의 단추를 풀고서는 마디나의 몸에 내 몸을 겹친다. 껴안다 못해 접고 구겨서 휴지 뭉치로 만들듯이 강하게.

아귀가 맞지 않는 퍼즐 조각을 억지로 끼워 넣는 것처럼.

마디나는 의외의 상황에 놀라면서도 슬슬 잠에서 깨었는지 조금은 누그러진 목소리로 신음을 흘리며 목을 문다.

"왜요. 무슨 일 있어요? 당신이 먼저 이러는 건 처음인데."

나는 대답 없이 마디나의 파자마를 벗긴다. 마디나도 몸을 틀어 옷을 벗기기 쉽도록 자세를 바꾼다. 키득거리는 웃음과 함께. 나 역시 보복의 의미로 마디나의 귀와 목 그리고 등을 깨문다.

그러고는 조용히 질문에 대한 답을 고민한다. 나는 왜 이러는 것일까. 두단이 아내와 자라고 내린 명령 때문에? 아니면 곧 아들과 헤어져야만 하는 마디나를 동정해서? 아니다. 둘 모두 틀린 답이다. 그저 서로 사랑하는 어미와 그 자식을 떼어 놓으려고 둘 사이에 끼어든 나의 비겁함을 감추고 위로받으려는 이기적인 수작일 뿐이다.

"확인을 부탁드립니다."

"그래요. 지금 하고 있잖아요…… 흡."

입을 맞춤으로써 가까스로 입 밖에 튀어나오려는 말을 삼킨다. 내가 배신자임을. 마디나와 루벤을 괴롭게 만들 사람임을 확인하라고. 말하기 두려워 마디나의 혀로 내 혀를 묶는다. 내가 바로 첩자라고. 그렇게 말하고 싶은 마음을 감춘다. 마디

나는 이제야 적극적으로 덤벼드는 모습이 반가운지 웃으면서
팔을 감는다. 그리고 나는. 나는…….

11

"와줘서 고맙다, 마디나. 그리고 축가 잘 부탁해. 루벤."

좋은 날이다. 성야제 주간 하루 전날의 성당은 한 해의 그 어느 때보다도 더 정갈하게 준비가 되어 있다. 그리고 성당 안에는 각양각색의 유력자들이 한껏 차려입고서 파티를 즐기고 있다. 그리고 이 결혼식의 호스트, 팜은 사람 좋은 얼굴로 웃으며 마디나와 루벤을 반긴다.

마냥 순해 보이는 것도 결코 아니다. 예순 가까운 나이의 여성으로서 패밀리 간부다운 위엄이 돋보인다. 딱딱 끊어지는 딕션과 빈틈없는 몸놀림은 패기로 가득 찬 젊은 신참이나 연공서열 외에 내세울 것 없는 고참에게서는 볼 수 없는 모습이다. 검지에 낀 반지의 의미가 그 자체로 체화된 인물이다.

"오랜만에 인사드려요, 팜 회장님."

"아줌마, 안녕하세요."

마디나와 루벤도 팜에게 인사를 한다. 루벤은 곧 축가를 불러야 하기 때문인지 아니면 자신은 잘 모르지만 자신을 알아보는 어른들 사이에 끼어서인지 조금 긴장을 한 것 같기는 해도 표정은 밝다. 팜은 귀여워죽겠다는 듯 루벤의 머리를 쓰다듬어주고는 꼭 껴안는다. 그러고는 아예 안아 든 채로 성당 곳곳의 유명 인사들에게 루벤을 소개하고 다닌다. 오늘 축가를 부탁한 주인공이라고.

그렇다. 오늘은 팜의 아들이 결혼하는 날이자 루벤이 축가를 부르는 날이다. 그리고 드디어 성야제 주간을 하루 앞둔 전야제다. 행성 헤론은 겨울이 시작되는 첫 달 이 성야제 주간을 축제로 보내기 위해 시끌벅적했다.

"여러분, 이 꼬마 천사가 바로 오늘 우리 아들의 축가를 불러줄 루벤입니다. 내가 이 아이의 축가가 듣고 싶어서 우리 아들을 결혼시켰다면 믿을 수 있으십니까? 후후, 오늘 결혼식은 다른 것도 많이 준비했지만 이 아이의 노래야말로 가장 기대하실 만할 거예요. 루벤. 오늘 축가 잘 불러줄 수 있지?"

"네, 아줌마."

"대답도 씩씩하게 잘하고. 마디나? 옆에 계신 이 신사분은 누구시지?"

"아, 제 정신 좀 봐. 저희 루벤의 음악 교사예요."

마디나는 친근하게 나를 팜과 그 주변 사람들에게 소개한다. 어색한 일이다. 팜은 자연스레 나에게 악수를 권했다.

"저는 팜이라고 합니다. 반가워요."

"반갑습니다. 야고보라고 합니다."

"선생님, 음식 좀 가져다주시겠어요?"

"그렇게 하겠습니다, 마디나."

"이런, 선생님한테 루벤의 자랑 좀 듣고 싶은데."

"이따가 들려주실 거예요, 팜."

나는 눈인사를 하고는 그 자리를 빠져나왔다. 마디나가 나름의 방식으로 나를 배려한 것이다. 고작 암살자에 불과한 내가 이런 셀럽들의 파티에서 무얼 할 수 있겠는가.

이 결혼식에서 내 입장은 음악 교사보다는 마디나와 루벤을 모시는 수행원에 가깝다. 그러니 마디나와 팜의 뒤를 따라 걸을 뿐 누군가와 아는 척을 할 필요는 없다. 이 사교장에서 모자를 보살필 사람은 내가 아니라 팜이다. 식장을 주관하는 사람으로서 보스이자 친구 두단의 가족인 마디나와 루벤을 살펴줄 것이다.

그러니 지금 이 순간만큼은 긴장을 누그러뜨리고 결혼식이 있을 성당을 둘러보기로 했다. 이곳은 행성 헤론에서 제일 큰 성당이자 고엘 정교회 대주교의 교구다. 성야제 주간 내내 가장 큰 미사가 진행될 이곳에서 결혼식을 연다는 사실에서 팜의 정치력을 알 수 있다.

만약 두단의 아들, 그러니까 루벤이라면 이 성당에서 식을 열기는 어려울지도 모른다. 아무래도 암흑가의 유력자 가족이 행성 헤론의 고엘 정교회를 대표하는 이 성당에서 결혼을 한다면 대외적으로 시선이 고울 수 없기 때문이다. 하지만 팜이라면 다르다.

높은 천장 위에 화려하게 그려진 성화나 형형색색의 스테인드글라스, 신성한 조각 등 훌륭한 예술 작품들이 적재적소에 놓여 숭고하면서도 절제된 분위기를 풍긴다. 요즘 루벤의 성야제 공연 연습을 쫓아다니느라 성당에 자주 들르긴 했지만 이렇게 큰 성당은 오랜만이다.

왜 이리도 천주님을 멀리하고 살아왔는지 생각해보면 답은 별게 아니다. 새하얀 벽돌과 맞물려 행성 헤론의 역사가 차곡차곡 쌓여 세워진 이 성당을 보노라면 나의 어린 시절 추억도 떠오른다. 형과 그녀가 함께 있었던 그때 그 시절이.

나는 조용히 성호를 그은 뒤 그녀를 추모했다. 비열하게도.

* * *

"이런 자리에서는 꼭 신혼부부에게 덕담을 하고는 하지요. 무척이나 지루하고 뻔한 이야기밖에 나오지 않아 결혼식에 오는 하객들은 얼마나 지루하겠습니까? 신혼부부 걱정은 하지 않아도 됩니다. 결혼식 준비하느라 정신없는 것 반, 결혼식 마치고 신혼여행 갈 생각에 마음 부푼 것 반으로 어차피 제 말은 듣지도 않으니까요."

와하하, 하객들의 웃음소리가 퍼진다. 주례를 맡은 신부가 자신 앞에 선 예비부부에게 농담을 건네며 분위기를 띄운다. 이렇게 대형 교구의 신부들은 결혼식을 치른 경험이 많아 진행이 물 흐르듯 자연스럽다. 거기다 저 신부는 팜과는 가족 같은 사이라 직접 찾아가 주례를 부탁했다고 한다.

마디나와 루벤도 결혼 미사를 즐긴다. 한껏 차려입은 신혼부부와 성당 안에 은은히 울려 퍼지는 저음의 강론은 경직되기 쉬운 결혼식을 가볍게 누그러뜨린다.

"하지만 그럼에도 곧 부부 생활을 시작할 이 초보 부부에게 꼭 해주고 싶은 말이 있습니다. 우리 교인이라면 누구나 천주님의 말씀을 다 지켜야 합니다만, 그중에서도 제가 가장 강조하고픈 말이 있습니다. 거짓됨을 이르지 마라. 달리 말해, 구라를 치다 걸리면 손모가지가 날아간다. 여러분들이 결코 잊어서는 안 될, 인생에 있어 가장 중요한 교훈입니다."

그렇게 위트 있는 한마디는 아니지만 엄숙한 이미지의 신부가 농담을 던지니 다들 유하게 웃어넘긴다. 아마 성야제 전야의 고조된 분위기 때문일 수도 있을 것이다.

"도덕적인 이유에서 거짓말을 하지 말라고 말씀드리는 것이 아닙니다. 다른 사람에게 상처 주기 때문에, 사회적 신뢰를 잃어버리기 때문이라는 뭐 그런 이유도 있겠죠. 하지만 그것보다는 조금 더 본질적인 이유에서 말씀드리고 싶군요.

거짓말의 문제는 다른 사람을 속이는 것에 있지 않습니다. 다른 사람을 속이는 것으로 일이 잘 해결되는 것처럼 보일 때도 있어요. 그 사람을 돕기 위해 거짓말을 하고 그게 먹히는 경우도 많습니다. 이렇게 보면 거짓말은 도움이 된다고 할 수도 있겠지요. 하지만 문제는 다른 사람을 속일 때 생기는 것이 아닙니다. 나 자신을 속일 때 생기는 거예요.

나 자신을 속일 때 우리는 무엇이 진실이고 거짓인지를 잊어버리고 맙니다. 처음에는 거짓말로 시작했던 것을, 남을 이용하기 위해 속이던 것을 잊어버리고 그 거짓을 진실이라 착각하게 돼요. 결국 다른 그 누구보다도 그 거짓을 맹신하게 됩니다. 자기가 만든 함정에 자기가 빠져버리고 마는 것이죠. 자업자득이니 누구를 탓하겠습니까?

결혼은 두 사람의 일이라고들 합니다. 하지만 정작 지내고 보면 그렇지도 않습니다. 우리 인간은 누구나 혼자입니다. 여러분들은 천주님의 가호 아래 홀로 태어났고 홀로 죽습니다. 여러분들이 서로를 온전히 이해하는 날은 마지막 천주님이 부르시는 그날밖에 없습니다. 그러니 더더욱 여러분은 자기 자신을 소중히 여기기 위해 거짓을 말해서는 안 되는 것입니다.

천주님의 이야기를 충실히 지키며 배우자에게 최선을 다해야 합니다. 어디까지나 가장 이기적이고 비겁한 이유에서 그러해야 합니다. 강론이 조금 따분해졌지요? 서약을 읊고 반지를 교환하면 끝이지만 우리 그 전에 노래 한 곡 듣고 갑시다."

루벤의 차례다. 고엘 정교회의 정식 혼례 미사의 절차대로라면 벌써 축가가 나오지는 않는다. 아마 팜이 두단의 체면을 세워주기 위해서 순서를 바꾼 것일 게다. 마디나는 활짝 미소를 지으며 루벤의 손을 붙잡는다. 루벤은 살짝 긴장된 얼굴을 하고는 의자에서 일어난다. 그러고는 신랑 옆으로 가서 자리를 잡았다.

사랑하는 자들아 서로 사랑이어라

사랑은 천주의 것이며

사랑하는 자마다 천주의 자녀 됨이니

천주는 사랑이어라

너희 또한 서로 사랑이어라

천주가 사랑이심과 같이

아름다운 축가가 성당 안을 메운다. 가녀리면서도 단호하고 명랑하면서도 얕지 않은 목소리. 가끔은 약간의 기교마저 넣어가며 결혼하는 신혼부부를 축복한다. 팜이 추켜세우면서 한 말은 농담이 아닐지도 모른다. 나 역시 노래 부르는 루벤의 팬이니까. 하객들도 귀여운 꼬마 아이가 이렇게 멋진 무대를 보여줄 수 있으리라고는 상상도 못 했는지 약간의 놀라움과 함께 감동하는 눈치다.

루벤의 표정은 자신감으로 가득 차 있다. 처음에는 약간 긴장하는 것도 같았지만 어느새 자유자재로 목을 써가며 성당의 종소리처럼 소리를 울린다. 생각대로 음이 나오는 것이 기쁜지 두 눈을 감고서 흥겨운 표정으로 노래를 부른다.

고개를 돌리자 마디나도 기특하다는 듯 루벤의 축가를 듣는 모습이 보인다. 그리고 그 순간 다시 전날의 기억이 떠오른다. 이리도 서로를 사랑하는 어미와 자식을 떼어놓겠다는 두

단의 계획이. 그리고 그 계획의 부역자인 나 자신이. 노래가
아름다울수록 나의 비참함과 비겁함은 더더욱 저열해진다.

천주는 사랑이어라
너희 또한 서로 사랑이어라
천주가 사랑이심과 같이

곡이 클라이맥스로 가닿음과 동시에 보이소프라노의 노래
에도 더욱 힘차게 기운이 실린다. 그야말로 폭발적으로. 그리
고 그에 맞춰 폭발한다. 아름다운 밤. 성야제 주간의 전야. 축
복받아 마땅한 결혼식. 행복한 예비 신혼부부. 고풍스러움을
고이 간직한 성당. 이 모든 것들이. 누군가가 설치한 폭탄에
의해. 폭발한다.

12

폭탄테러다. 결혼식에 테러라. 우아하기까지 하다. 아름답던 스테인드글라스나 조각상은 아름다운 잔해가 된다. 폭탄이 가장 먼저 터진 곳은 주례석이었다. 그리고 연달아 무작위로 하객석의 의자 밑에 설치된 폭탄들이 터지기 시작했다. 사람들의 비명과 울음소리로 아비규환이 된 현장에서 내가 확인해야 할 것은 두 가지다. 루벤의 상태와 탈출 경로.

먼지로 자욱하긴 했지만 루벤은 무사한 듯 보였다. 마디나는 뒤도 돌아보지 않고 루벤을 향해 달려간다. 하지만 그것만으로는 부족할 것이다. 나는 하객석 앞쪽에 앉은 사람 중 기절한 남자 둘을 골라 킹 능력으로 조종해 루벤에게 보냈다.

남자 둘은 바로 루벤 곁에 갈 수 있었다. 예비부부와 신부는 모두 죽었거나 곧 죽어도 이상하지 않을 정도로 큰 상처를 입었다. 특히 신부는 사람보다는 걸레짝에 가까울 정도다. 하지만 지금 내게 중요한 것은 루벤이다. 나는 시각과 촉각 그리고 후각을 공유해 루벤의 상태를 살폈다. 기절하기는 했지만 다행히 큰 상처는 없었다.

곧 마디나가 연단에 도착했다. 폭발이 일어났을 때 발원지로 달려가는 경우는 잘 없다. 오히려 반대 방향으로 도망치기 마련이므로 마디나는 어렵지 않게 연단으로 갈 수 있었다. 나는, 남자 중 하나는 루벤을 업고 다른 남자는 마디나를 경호하며 그 자리를 지키도록 명령했다. 뭐라고 외쳐서 현 상황을 공유하고 싶었지만 너무나도 소란스러워 그럴 짬도 내지 못했다.

그저 낙관에 불과하지만, 연단에는 이미 폭탄이 터졌으니 또 한 번 폭탄이 터지지는 않을 것이다. 그리고 하객석에서 다른 폭탄들이 터져도 지금 내가 조종하고 있는 두 남자가 마디나와 루벤의 몸을 감싸 폭발에서 보호해줄 것이다. 그 폭탄의 화력에 따라서 이런 작전 따위는 얼마든지 무효화될 수 있지만 그래도 지금 당장 출구로 가는 것보다는 안전하다.

펑.

펑펑펑.

성야제 마지막 날의 폭죽놀이가 연상될 정도로 커다란 폭음이 곳곳에 울린다. 결혼식의 축포가 아니라 테러리스트의 공격일 뿐. 내 우려대로 이 작전을 기획한 범인은 출구에 사람이 몰린 순간을 노려 문가에도 폭탄을 설치했다. 먹잇감이 덫을 향해 보기 좋게 달려든 것이다.

나는 주변을 둘러본 뒤 곧 연단으로 달려가 남자에게 붙들린 마디나의 귓가에 재빠르게 속삭인다.

"안심하십시오. 이 두 남자는 지금 제가 큉 능력으로 조작하고 있습니다. 그리고 이런 폭탄테러가 있을 때는 이미 폭탄이 터진 곳에 숨는 것이 수순입니다. 한 번 터진 곳에 또 폭탄이 남아 있을 확률은 적기 때문입니다. 함정을 이중으로 설치하는 경우도 있지만 지금처럼 패닉에 빠져서 출구로 달려드는 군중을 노릴 때가 더 많고 실제로도 그렇게 되었습니다. 우선은 여기에 가만히 있는 것이 안전할 가능성이 높습니다. 아시겠습니까?"

마디나는 겁에 질렸는지 파르르 떠는 와중에도 눈물범벅이 된 얼굴로 고개를 끄덕인다. 다행히 패닉이 심하지는 않은 것 같다. 조명이 나가고 먼지가 자욱하기에 주변을 살피기 어렵다. 폭연과 피비린내로 후각도 마비되었다. 나는 어떻게 행동해야 좋을지 필사적으로 떠올린다.

가장 급박한 문제는 이제 어디로 움직이느냐다. 우선 성당 안에 폭탄이 더 숨겨져 있을 것 같지는 않다. 다른 테러리스트들이 성당을 습격할까? 아니다. 예상치 못한 작전으로 성당 안에서 폭탄이 터지기는 했지만 팜 역시 패밀리의 간부다. 대외적인 경계는 충분히 해놓았다. 그렇다면 이 폭탄테러는 어디까지나 함정의 발동일 가능성이 높다. 아마 폭탄을 설치한 범인 또한 지금 여기에는 없을 것이다.

그렇다면 아직은 이곳에 남는 편이 더 안전한 듯 보인다. 만약 폭발의 영향으로 성당 자체가 무너지기라도 하면 모를까, 곧 패밀리의 병력이 재빠르게 이곳으로 모여들 테니까. 그리고 그들 입장에서 봤을 때 두단의 아내인 마디나와 아들인 루벤은 신변 보호에 있어 제1순위다.

하지만 퀑 능력자가 범인일 경우라면 뭘 어떻게 해도 문제다. 연기 속의 짙은 화약 냄새로 미루어보아 폭발이나 에너지탄 계통의 능력이 아닌 물리적인 폭탄이 터진 것은 분명하다. 하지만 염동력을 가진 능력자가 미리 설치한 폭탄을 터뜨릴 수도 있고 공간이동 기술을 가진 능력자가 폭탄을 원거리에서 이곳으로 던져 넣었을 수도 있다. 능력에 따라 온갖 변수가 생겨나기 때문에 대처가 어렵다.

전혀 예상하지 못한 상황에 어떻게든 가장 안전할 수 있는 방법을 떠올리려 애쓰는 사이, 마디나는 내 멱살을 붙잡고는 외친다.

"두단이에요. 두단이라고요!"

마디나가 절규하듯 외치자 나는 그제야 내가 어떤 한 가능성을 떠올리지조차 못하고 있었음을 깨달았다.

* * *

가설을 여럿 세워본다. 이 테러를 일으킨 주범은 누구인가? 하나. 외부 세력. 가능성이 없지는 않다. 팜이 패밀리 안에서도 인망이 높고 별다른 적이 없다는 것은 널리 알려진 사실이지만 패밀리 자체에 적대하는 무리는 분명히 있다. 행성 헤론이거나 혹은 다른 행성의 범죄 조직에서 일종의 선전포고 삼아 테러를 일으켰을 수가 있다.

둘. 내부 세력. 패밀리 안의 이전투구로써 팜의 결혼식을 노렸을 가능성이다. 이 또한 제법 가능성이 있는 일이다. 팜을 노린 게 아니라 폭탄테러로 위장해 몇몇 적대 인사를 암살한 것일지도 모른다. 더욱이 성야제를 앞둔, 결혼식을 준비하는 와중에 성당에 폭탄테러를 일으키는 담대한 함정을 준비하기 위해서는 내부 정보의 파악은 필수다.

어느 쪽이 더 의심스럽나 따진다면 아무래도 내부 세력이다. 두단이 행성 헤론에서 갖는 권력은 막대하며 패밀리 역시 감히 군소 규모의 적대 조직이 이렇게 큰 도발을 일으킬 상대가 아니다. 행성 헤론이 아닌 다른 행성의 조직이라면 이렇게 번거로운 과정을 거치지 않았을 것이다. 그렇다면 내부 세력이 의심스럽기는 하다. 물론 이 경우도 온전히 설득력을 갖진 않는다. 간부 중에서도 유력자인 팜을 상대로 이만한 일을 저지르기란 쉽지 않은 일이니까. 하지만 아예. 아예 이 패밀리의 보스인 두단이라면. 그때는 이야기가 달라진다.

"마디나. 아직은 누가 범인인지 모릅니다."

말은 그렇게 했지만 고작 이 정도 논리로 마디나와 나 자신을 설득하지는 못했다. 최악의 상황을 상상하지 않는 낙관주의자가 될 수는 없다. 그리고 지금 이 순간에 상상 가능한 최악의 상황은 이 사건의 흑막이 두단이라는 것이다.

우선은 남자 둘의 조종을 멈췄다. 그냥 멈추지는 않고 잠시 숨을 쉬지 못하게 해 더 깊이 기절을 시켰다. 나의 큉 능력에 조종당하는 이들은 내 능력이 미치는 와중에도 의식만은 남아 있다. 자기가 왜 이렇게 움직이는지 모르면서 움직이는 것이다. 그렇기 때문에 아예 죽여야 할 상대가 아니라면 아주 짧은 시간 동안만 조종하면서 내 큉 능력이 아닌 자신의 무의식적인 행동인 것처럼 속인다. 이런 유의 복잡한 절차를 거치기 싫어서 폭탄테러로 기절한 사람을 조종하기는 했지만 의식이 얇게나마 남아 있을 가능성도 있었기 때문에 아예 의식의 전원을 꺼버린 것이다.

"하지만 누가 믿을 만한 사람인지 모르는 것이 맞습니다. 아니라고 믿고 싶지만 두단일 수도 있고 패밀리 내부에서 팜을 적대하던 사람일 수도 있습니다. 그저 적대 세력의 짓이면 차라리 상황이 편하겠지만 요행을 기대할 수 있는 상황은 아닙니다."

"당신은요? 당신을 어떻게 믿죠?"

좋은 질문이다. 마디나에게는 나를 믿을 근거가 없다. 매일 밤마다 있었던 그 일 정도로 나를 믿어서는 안 된다. 무엇보다 나는 이미 알고 있다. 나는 애초에 온전히 마디나의 편이었던 적이 없다. 루벤의 경호원을 자처한 것도, 비록 이미 저지르고 난 뒤의 일이지만 마디나와 동침을 한 것도 모두 두단의 의지대로였다. 무엇보다 두단이 루벤과 마디나의 사이를 떨어뜨려놓으려는 것을 묵인한 배신자이기도 하다.

비취색의 두 눈동자가 나를 바라본다. 매일 밤마다 몇 번이고 있었던 확인 작업 속에서도 마디나는 아직 나를 믿지 못한다. 그리고 이는 합리적인 태도다. 나는 이 순간마저도 그 아름다운 얼굴에 피어난 단호한 표정에 넋을 잃는다.

나는 이 답에 대답하려 애쓴다. 마디나만이 아니라 나 자신도 납득할 수 있는 답을 찾아야 했다. 이제는 내가 선택을 내려야 할 시간이기도 하다. 나는 누구의 편을 들 것인가. 두단? 마디나? 나 자신? 정체 모를 외부 세력? 그 어느 편을 골라야 내가 살아남아 속죄할 수 있을지 고민하지 않으면 안 된다. 하지만 누가 누구의 편인지도 명확하지 않은 이 시점에선 어느 쪽을 고르든 그저 도박일 뿐이다. 그리고 그저 도박일 뿐이라면. 그렇다면 나는. 내가 골라야 할 답은.

"흡……."

"음……."

매캐한 공기가 입 안을 타고 돈다. 마디나의 마른 혀를 내 혀로 감아 조금씩 적신다. 동백꽃의 한숨을 삼킨다.

마디나는 이 급박한 순간에 입을 맞추는 나를 놀란 눈으로 바라본다. 안다. 이것은 제대로 된 답이 아니다. 하지만 마디나도 나도 내가 지금 어떤 답을 하더라도 확신할 수 없다는 것 또한 알고 있다. 나 자신조차도 내 대답에 확신할 수 없으니.

"안심하십시오, 구조대입니다! 안에 계신 여러분은 모두 진정하시고 구급대원의 지시에 따라 움직이십시오! 안심하십시오, 구조대입니다!"

"앰뷸런스, 앰뷸런스 좀 불러주세요!"

"지금 성당 바깥에 소방차와 앰뷸런스가 도착했습니다. 걱정하지 마십시오!"

예상보다 빨리 구조대가 도착했다. 이것은 길조인가, 흉조인가? 이리도 빠른 대처는 누군가의 음모에 구조대도 포함되었기 때문일까, 아니면 그저 구조대가 유능한 덕분일까? 아직은 알 수 없다. 급작스러운 상황에 내 사고력이 떨어졌음도 분명하다.

나는 마디나의 귓가에 입을 갖다 대고는 아주 작은 목소리로, 하지만 분명하게 앞으로의 계획을 설명했다.

"도망칩시다. 그 누구도 찾지 못할 곳으로. 두단마저도 찾지 못할 곳으로. 당신과 나 그리고 루벤, 우리 셋이서."

13

"여기 티켓 네 장입니다. 여행 가시나 봐요?"

"그렇습니다. 동생과 아내 그리고 아들을 데리고 바닷가의 별장으로 갈 예정이거든요."

"그러시군요. 즐거운 성야제 되시기를 빕니다."

"예, 감사합니다. 즐거운 성야제 되세요."

아무래도 고엘 정교회 최대의 축제 기간인 만큼 공항은 온갖 사람들로 북적거린다. 각 맞춰 입은 정장에 구두까지, 약간은 고지식한 차림새이지만 순박한 얼굴을 한 남자는 뒤를 돌아 나를 바라본다. 그러고는 결제 창을 끈 뒤 슬쩍 미소를 지으면서 오른손에 표 네 장을 쥔 채로 내 가슴팍을 퍽, 하고 때린다.

"여기 표 있으니까 간수 잘하고. 나 화장실 좀 갔다 오마. 형

114

수 잘 챙기고 있어."

"알았어, 형."

형은 언제나 그랬다. 융통성 없이 뭔가 반듯하기를 원했다. 나는 그런 형이 언제나 신기하고 이해가 가지 않았다. 특히나 이해가 가지 않았던 것은 형은 나 역시 형처럼 올바르고 성실한 사람이 될 수 있다고 믿었다는 점이다.

나는 그랬던 언젠가의 나날을 떠올리고는 살며시 웃어버리고 말았다. 남자가 건넨 표를 받은 뒤 고개를 끄덕이며 나는 가도 좋다는 사인을 보낸다. 남자는 화장실로 들어가 변기 위에 앉아 잠이 들 것이다. 어째서인지 비행기 티켓 네 장 값을 지불했다는 사실은 다음 달 카드값 청구일이 왔을 때에나 눈치를 챌 것이고.

주변을 슬쩍 둘러봐도 별다른 문제는 찾지 못했다. 그래도 가능한 한 눈에 띄지 않도록 노력하며 곧장 공항 라운지로 들어갔다.

* * *

"오셨나요?"

"네. 무슨 일 있었습니까?"

"없었어요. 그저 불안해서……."

마디나는 피곤한 나머지 제대로 말을 끝맺지도 못한다. 말없이 나를 포옹한다. 옅은 한숨이 조심스레 내 목덜미를 간질였다. 루벤은 라운지의 의자에 기대 콜콜 자고 있어 우리 모습을 보지 못한다. 정말로 많은 일이 있던 성야제 전야였다.

포옹을 풀고는 마디나의 이마를 짚었다. 다행히 열은 없다. 비행기에서 잠시 쉬면 나아질 것이다. 큰 고비를 넘겼다는 생각에 긴장이 약간 풀어진다. 나는 라운지에서 요깃거리가 될 만한 것들을 찾았다. 결혼식 만찬을 놓쳤음이 못내 아쉽다. 사람이 죽은 상황에 못 먹은 밥 생각이나 하는 나도 참 버러지 같은 인간이다.

"정말이지…… 퀑들은 놀랍군요."

"그렇습니까?"

"그래요. 어떻게 이리도 간단히 여기까지 왔는지 믿기지가 않아요."

"대단한 일도 아니었습니다."

내 퀑 능력은 마리오네트다. 사람의 형태를 한 것이라면 무엇이든 마음대로 조종이 가능하다. 장점이자 단점이라면 내 능력은 세뇌가 아니라는 것이다. 누군가를 조종할 때 그 대상은 자신이 원하는 대로 움직이지 않는다는 것에 위화감을 느끼고 조종이 조금이라도 길어지면 어지간해서는 이것이 퀑 능력에 의한 일임을 알아차린다. 하지만 의식이 없는 대상을 움직일 때라면 이야기가 달라진다. 잠든 사람이나 기절을 한 사람은 마음껏 조종할 수 있다.

공항까지 별다른 문제 없이 올 수 있었던 것도 이렇게 다른 누군가를 잔뜩 조종한 덕분이다. 만약 나나 마디나의 계정으로 교통편을 예약하거나 표를 결제하면 그 순간 우리 위치는 곧장 두단이나 다른 추적자에게 들통이 날 것이다.

그러니 나는 내 마리오네트 능력으로 근처 누군가의 숨을 잠시 멈추게 해 기절시킨 뒤 마음껏 조종하여 대신 돈을 쓰게 만듦으로써 우리의 자취를 지웠다. 뜻하지 않은 절도 행위다. 한 모자의 목숨이 걸린 비상 상황이니 그저 천주님께서 가엾게 여겨주시길 바랄 뿐이다.

"그래요. 형이라고요?"

"들으셨습니까?"

"네. 일이 잘 풀릴지 걱정이 되어서 잠깐 따라갔지요. 거짓말은 전혀 못 하던 사람이 우애 좋은 형제의 모습은 제법 현실적으로 연출하더군요."

"감사합니다."

마디나는 지친 얼굴에도 어떻게든 입가를 올려 웃음을 만든다. 이만큼이나 값싼 위안이라도 주고받지 않으면 안 될 것 같은 슬픈 얼굴이다.

공항 라운지는 소란스러운 덕에 되레 조용하다. 주변의 온갖 사람이나 기구들이 내는 백색소음이 하얀 안개처럼 공간을 덮어씌우기 때문이다. 이런 안개 속이라면 나도 조금은 내 솔직한 모습을 보일 수 있을지도 모르겠다는 생각도 들었다.

"형이 있습니다. 그 덕분에 연기가 잘된 것일지도 모르겠습니다."

"실제로도 사이가 좋나요?"

"예전에는 그랬습니다. 하지만 이제는……. 제가 많은 잘못을 저질렀습니다."

마디나의 눈썹이 기묘하게 움직인다. 동정이나 연민일까 아니면 위로나 배려일까. 그도 아니면 어서 말을 해달라는 재촉일지도 모르겠다. 공백과 비약으로 가득 찬 우리의 관계를 어떻게든 메우기 위한 재촉.

행성 헤론에 온 뒤 누구에게도 하지 않았던 이야기다. 굳이 이런 상황에서 나의 부끄러운 과거를 고백할 필요성이 있을까 고민이 든다. 어쩌면 마디나는 오히려 이런 상황이기에 나에게 자백을 강요하는 것일지도 모르겠다. 쫓기는 자들끼리의 연대를 위해, 관계에 있어서 주고받는 교환 과정, 그를 통한 신뢰 관계의 구축을 위해.

마디나와 나의 관계는 무엇일까? 고용주와 피고용인의 관계? 연인 사이? 나는 그 모두에서 거리감을 느낀다. 표면적으로는 마디나가 나를 고용했지만 실질적으로는 두단이 나의 고용주다. 밤마다 몸을 섞기는 했으나 사랑의 밀어와 신뢰를 나눈 관계는 아니다. 하지만 그렇다 할지라도 마디나와 나는 최소한 현재의 이 급박한 상황을 공유하는 동지임은 부정할 수 없다. 나는 거리감을 약간이나마 좁히기로 한다.

"형은 저처럼 마리오네트의 능력을 가진 큉이었습니다. 유랑공연을 하는 부족 출신으로서 꼭두각시놀이의 주연을 맡기도 했습니다. 저보다도 훨씬 대단한 능력자였지요. 큉 기술만이 아니라 악기든 공부든 재능이 있어서 부족의 신뢰도 두터웠습니다."

"호. 그 잘난 얼굴에 무슨 우울할 일이 있다고 언제나 그런 표정인가 했는데 형님 때문이었군요."

"죄송합니다."

"아뇨. 그냥 잘생기기만 했으면 심심했을 텐데 그 표정 때문에 제법 섹시해졌군요. 형님한테 감사해야겠군요."

마디나는 내가 살짝 좁힌 거리를 훨씬 더 좁혀온다. 괜한 농담을 꺼낸 것인가 싶어 벌써부터 피곤하다.

"형은 성실하기까지 했습니다. 그런 형과 저를 비교하다 저는 유랑극단을 나와 화려한 삶을 살겠다고 도시로 떠나와버렸습니다. 하지만 그럼에도 형은 저 같은 골칫덩이에 말도 듣지 않는 동생을 항상 염려하고 보살펴주었습니다. 나중에는 저 때문에 극단을 떠나 도시에서 기업에 취직하기까지 했습니다."

"뭐야. 들을수록 미담이기만 한데요?"

"형이 아내를 죽이기 전까지는 그랬습니다."

다시 거리가 벌어진다. 이는 내가 하고 싶은 이야기도 아니고 마디나가 듣고 싶은 이야기도 아닐 것이다. 마디나는 입을 다문다. 겁을 먹어서는 아니다. 마디나는 그 가녀린 외모와는 달리―아니, 어쩌면 그 때문에 더더욱 어울리는 것일지도 모른다―살인자의 아내이자 살인자의 고용주다. 하지만 친족 살인 행위는 스몰토크의 소재로는 썩 어울리지 않는다고 생각할 사람이기도 하다.

"제 잘못이었습니다."

"미안해요, 야고보. 괜한 것을 물어봤네요."

"아닙니다. 신경 써주셔서 감사합니다."

"아저씨…… 여긴 어디야?"

어색한 분위기가 이어질 무렵 루벤이 일어났다. 루벤은 방금 전의 폭발로 잠시 기절했다가 공항으로 이동하던 중 의식을 찾았지만 피로했는지 이내 몇 번이고 다시 졸곤 했다. 그리고 다행이라면 다행이라고나 할까. 결혼식 당시의 폭발에 대해서는 제대로 이해를 하지 못한 것 같았다. 마디나와 나는 그저 꿈을 꾼 것이 아니냐고. 조야하다면 조야하고 비겁하다면 비겁한 변명으로 루벤을 안심시켰다.

"공항이야. 곧 비행기를 타러 갈 거야."

"비행기? 진짜? 어디를 갈 건데?"

"글쎄. 우선은 남쪽으로 내려갈 건데. 어디 가보고 싶은 곳 없어?"

루벤은 골똘히 생각에 잠겨 예전부터 가고 싶었던 장소들을 하나하나 떠올리는 모양이다. 그러면 된 거다. 늙고 추한 어른들의 추격전은 잊어버리고 열 살짜리 꼬마 아이의 계획대로 가버리는 것. 두단이든 방금 전 테러의 범인이든 떠올리지 못할 장소로 도망칠 수 있는, 단순하지만 나쁘지 않은 방법이다.

"바다. 바다에 가보고 싶어."

행선지는 정해졌다.

14

침대 위에 놓인 장기판을 노려본다. 딱히 묘수가 떠오르지는 않는다. 애초에 게임을 하고 있는 것도 아니다. 장기판 위에 올려놓은 말의 숫자도 고작 흰색의 졸, 셋뿐. 백을 잡았지만 흑을 올려놓지는 않았다. 애초에 지금 루벤의 문제부터가 그렇다. 어떤 수를 놓아야 할지는커녕 누가 백이고 누가 흑인지조차도 구분하지 못하고 있다. 나는 흑의 더미에서 졸을 몇 개 쥐고는 달그락거리며 어디에 어떤 패를 내려놓아야 할지를 고민한다.

잠깐 고개를 들어 창밖을 본다. 검게 물든 밤바다가 조용히 파도치고 있다. 제법 괜찮은 야경이다. 애초에 루벤에게 이 풍경을 보여주려고 고른 숙소이긴 하지만 즉석에서 고른 것치고는 기대 이상으로 만족스럽다.

마디나와 루벤 그리고 나는 비행기를 타고 대륙을 하나 건너왔다. 아예 다른 행성으로 옮길까도 생각해봤지만 제대로 된 입국 절차를 밟지 않을 경우의 디메리트가 너무 컸다. 행성 간 순간이동이 가능한 퀑을 고용할 것이 아니라면 특히 그렇다. 그리고 그 정도로 강력한 능력을 가진 퀑은 당연히 두단과 어떻게든 연결되어 있기 마련이다.

"뭘 하고 있어요?"

"이런저런 계획을 짜고 있었습니다. 루벤은?"

"방금 잠들었어요. 바다에 가고 싶어 했지만 시간이 늦었으니 내일 가도 되겠지요."

"그렇습니까."

마디나가 침실로 들어온다. 그러고는 천천히 내 등을 쓸어내린다.

"누가 결혼식에 테러를 일으켰는지를 알아야 합니다."

"두단이겠죠."

"저는 아니라고 생각합니다. 하지만 가능성의 하나로 놓겠습니다."

손에 쥔 패를 하나 장기판에 내려놓는다. 가장 상상하기 싫은 가능성이다. 만약 두단의 의지로 이 일이 일어났을 경우 결

123

과는 우리 모두의 죽음뿐이다. 그리고 행성 혜론 전체에 커다란 상흔이 남을 정도의 큰 전쟁이 일어날지도 모른다.

"적대 조직 중에 떠오르는 곳은 없습니까?"

"나는 패밀리의 일에 대해서는 잘 몰라요. 루벤의 양육 문제 외에는 패밀리의 일에 개입할 수 없었으니까요. 하지만 평소에도 제 귀에 들릴 정도의 세력을 가진 조직은 없었어요."

나 역시 그렇다. 두단의 패밀리에게 맞선다고? 이 행성의 그 누가 감히? 하지만 이는 세력의 문제가 아니기도 하다. 폭탄테러는 그 인상이 강렬하기는 하지만 드는 품은 그렇게 크지 않은 인원 대비 효율이 좋은 도발이다.

"그렇다면 간부들 사이의 정쟁에 대해서도 짐작 가는 것이 없으십니까?"

"네. 팜은 좋은 사람이에요. 다른 간부들이나 두단 모두 팜을 신뢰했어요."

"당신도?"

"네. 팜은 결코 오늘과 같은 일을 겪어서는 안 될 사람이에요."

마디나는 고개를 숙인다. 결혼식 때 있었던 일들이 떠오른 모양이다. 사랑하는 아들을 눈앞에서 잃었을 팜의 심정을 생각하면 같은 부모로서 더 동정하게 되었을 것이다. 나 역시 마디나를 동정한다. 마디나는 어린 나이에 납치라도 당하듯이 두단에게 예속되었고 루벤과의 관계 외에는 자신만의 삶을 배당받지 못했다. 루벤에게 있어 좋은 어머니이기는 하지만 동시에 어머니가 되는 것 외에는 어떤 선택지도 갖지 못한 사람이다.

두단이 마디나를 놓아준다면 이 사람에게는 또 다른 선택지가 생길 수 있을까? 아니. 이미 선택하고 납득한 어머니라는 선택지를 빼앗기는 것이라고 보는 편이 맞겠다.

아직 누군가를 특정한 것도 아니기는 하지만 일단은 장기판 위에 말 두 개를 추가로 더 얹어놓았다. 하나는 적대 조직. 다른 하나는 패밀리 내부의 배신자.

"이외에 어떤 가능성이 있죠? 다른 경우는 없을 텐데요."

"맞습니다. 어디까지나 이 행성 안이라면 말입니다."

시선을 돌려 장기판 바깥에 쌓여 있는 패들을 바라본다. 두단은 행성 헤론의 지배자다. 경쟁자들을 행성 안이 아니라 행성 바깥에서 찾아야 할지도 모른다. 아니면 그보다 위, 고산 공작과 같은 8우주 규모 거물들의 변덕일지도 모르고. 고작해야 행성 단위의 시선으로는 보이지 않는 것들이 있다. 장기판 너머의 장기판과 같은 것들.

어쨌든 그 편린이나마 나에게 닿은 것에 집중할 수밖에.

"용의자는 이렇게 불분명한 범주로 좁혀지진 않습니다."

"그러면 당신은 어떻게 보고 있죠?"

"저는 모릅니다만 당신은 알고 있습니다. 루벤을 납치했던 사람은 누구입니까? 그리고 당시 두단의 명령에 따라서 혹은 그에 대한 호의로 사건을 해결하고 도움을 준 사람은 누구입니까? 이 둘이야말로 이 사건의 용의자입니다. 그리고 전자보다는 후자일 가능성이 더 높습니다."

마디나는 입을 다물지 못한다. 의외의 순간에 의외의 질문을 들은 모양이다. 하지만 지금 가장 개연성이 있는 것은 이 둘이다.

더욱이 두단의 말대로라면 마디나를 충동질한 외부 세력이 있다. 교섭의 상대로든, 의심이 가는 용의자로든 지금은 이 세력에 대한 정보가 필수적이다. 하지만 그 존재를 내 입으로 따지고 묻는 그 순간 마디나는 나를 두단의 편이라 생각하고 나에 대한 신뢰는 무너져버리고 말 것이다.

"이 사건의 범인이 누구냐에 따라서 앞으로의 계획을 정할 수 있습니다. 가능성마다 살펴보면 이렇습니다. 두단일 경우 고를 수 있는 선택지는 얼마 없습니다. 8우주의 끝까지 도망을 치고 두단이 죽을 그날까지 숨어 지내는 것입니다."

나는 방금 장기판 위에 올려놓았던 검은 패 하나를 움직여 하얀 패 위에 포개놓았다. 계획이라고 하기에는 너무나도 애매하다. 더욱이 이 계획의 결말은 높은 확률로 두단이 보낸 암살자의 손에 나와 마디나 그리고 루벤 모두 목숨을 잃는 것이다. 다른 가능성보다도 이 경우가 가장 최악인 것은 루벤을 향한 두단의 사랑이 위장이었다는 것이다. 그렇지 않고서야 사랑하는 아들에게 폭탄테러가 날 결혼식장으로 가 축가를 부르라며 권하지는 않을 테니까.

"적대 조직이나 패밀리 내부의 간부라면 희망적입니다. 그저 이렇게 도망친 사이 그들의 정체가 밝혀지기만을 기다리면 됩니다. 두단은 패밀리의 얼굴에 먹칠을 한 누군가에게 그대가를 반드시 받아낼 사람이기 때문입니다."

"두단은…… 그렇지요. 그러고도 남겠지요."

나는 판 위에 올라간 검은 말 둘을 장기판 위에서 치웠다. 이 정도 적이라면 크게 걱정할 것은 없다. 이들은 이미 결혼식을 난장판으로 만듦으로써 소기의 목적을 달성했다. 두단의 아내와 아들을 굳이 쫓아다니면서 소란을 만들 여력도 없을 것이다. 두단을 상대하느라 정신이 없을 테니까.

"결국 두단이든 그 외의 다른 세력이든 패밀리의 문제라면 앞으로의 방향성을 고민할 필요는 없습니다. 답이 정해진 문제일 뿐입니다. 하지만 만약 이 사건이 패밀리의 문제가 아닌 루벤의 문제라면 이야기는 달라집니다. 예전 사건에서 루벤을 노린 자와 구한 자에 대한 정보가 필요합니다."

"어떻게……. 어떻게 루벤이 납치된 적이 있다는 것을 알고 있죠?"

"두단이 별장으로 찾아온 날 테라스에서 말을 해줬습니다. 아들을 가르치는 제가 루벤이 받은 고통을 이해하고 배려해야 한다며 주의를 줬습니다."

거짓말은 아니다. 사실이다. 비록 부분적이기는 하지만.

"대단한 악당들은 아니었어요. 그저 양아치들이었죠. 루벤이 두단의 아이라는 것도 모르고 있었고요. 당시 우리는 별거를 하고 있었으니까요. 그저 돈 많은 미망인의 어린아이라고만 생각했을 거예요. 물론 그 사람들이 루벤을 끌고 간 곳이, 너무나…… 너무나도 끔찍한 곳이었지만……."

"확실합니까?"

"유괴범들의 처분은 두단이 맡았다고 했어요."

"두단이 굳이 진상을 밝히지 않았을 것 같지는 않군요. 만약 어느 정도 규모가 있는 조직이 벌인 일이었다면 나름의 보복이 있었을 테고 그렇다면 진작 제 귀에도 들어왔을 겁니다. 그 유괴범들을 붙잡은 건 역시 두단과 패밀리 사람들이었습니까? 패밀리였다면 어떤 간부 소속의 조직이나 인물이었습니까? 이 사람이 루벤의 납치를 가장함으로써 당신과 두단에게 신망을 얻을 자작극을 벌이지 않을 인물이라는 확신이 있습니까?"

"그게……."

마디나의 얼굴이 다시 어두워진다.

"팜이었어요."

"……팜?"

"네. 만약 두단한테 루벤이 납치되었다는 사실이 알려지면 아이를 되찾아도 양육권을 빼앗길 테니까, 팜한테 상담을 했는데…… 팜이 사건의 처음부터 마지막까지 저와 루벤을 돌봐주었고…… 그 과정에서 저에게 두단한테 이 상황을 알려야한다고 타이른 것도 팜이었어요. 저도 팜의 조언을 따랐고요."

공기가 무겁다.

"당신 말대로라면 팜은 두단을 끌어내리기 위해 두단의 아들과 자신의 아들을 죽이려고 한 것이고 나의 말대로라면 두단은 팜을 응징하기 위해 팜의 아들과 자신의 아들을 죽이려고 한 것이군요."

15

　파도 소리가 귀를 간질인다. 아직 새벽이라 그런지 살얼음 조각들이 부서지고 있다. 행성 헤론의 겨울 바다는 이렇게 이른 시간이면 살얼음의 파도가 치고는 한다. 기온과 바닷물의 구성에 의한 것이라고 들었는데 제법 볼만한 풍경이다. 마치 사막의 시간을 가속시킨 것처럼 숨이 막힐 정도로.

　루벤은 그 파도를 밟으며 조용히 이 풍경을 바라본다. 이 사막과 같은 바다에 익숙해진 주민들은 아주 두터운 장화를 신고서 멀리까지 나가고는 한다. 루벤에게도 막 그런 신발을 사다 준 참이다.

　살얼음의 바다는 새벽하늘, 그것도 겨울의 하늘을 거울처럼 반사해 푸른빛이 짙다. 곧 해가 뜰 것이다. 그러면 이 파도는 수만, 수억의 반사경이 되어서 반짝일 것이다. 루벤과 나는 그 풍경을 기다리고 있다.

"꼬마야. 춥지는 않고?"

"응. 딱 좋아."

루벤의 입에서 하얀 입김이 새어 나온다. 아이라서 몸의 체온이 높은 덕일까. 이 추위에도 표정이 밝다.

'그때 유괴범들은 루벤을 납치하고는 외곽 행성으로 숨었죠. 평의회에도 기록되지 않은 무법 지대였어요. 아무것도 없는, 그저 끝없이 모래 언덕만이 이어지는 그런 황무지였어요. 루벤은 그 행성에 열흘이나 갇혀 있어야만 했다고요.'

어젯밤 마디나는 그간 내게 숨겨왔던 루벤의 과거사를 밝혔다. 납치되었던 그 순간에 대해서. 나이 어린 소년이 견디기에는 잔인한 시간들이었다. 지금 루벤의 이렇게 밝은 모습으로는 상상이 가지 않는다.

루벤이 바다로 오자고 했던 이유도 혹시 그 시절의 기억 때문일지도 모른다. 이 바다는 그곳을 닮았다고 들었다.

"아저씨는? 춥지 않아?"

"글쎄다. 견딜 만한데."

저렇게 밝은 표정을 보면 아이가 겪었다는 일이 거짓말 같다. 마디나와 두단은 납치된 루벤을 되찾고는 아이를 위한 어떤 종류의 지원도 아끼지 않았다고는 하지만 의사들은 회복 가능성이 없다고 봤다. 다행히 그 예상이 깨지기는 했어도 루벤이 유괴되기 전처럼 말을 하게 되기까지는 무척이나 오랜 시간이 걸렸다고 한다.

마디나나 두단 모두 루벤에게 보인 애정은 팔불출 부모라기에는 그 형태가 조금 다르다고 느끼기는 했다. 그리고 그 왜곡된 애정의 원인이 아이의 납치로 인한 충격이라고 하면, 또 아이가 잠시나마 심신상실 상태가 되었던 기간을 생각하면 나름대로 납득이 간다.

'열흘이라니. 너무나도 길었죠. 만약 다른 곳이었다면 두단은 간단히 유괴범과 루벤 모두를 찾아내서 해야 할 일을 했을 거예요. 하지만 그 유괴범들이 간 곳은 황무지나 다름없는 곳이었고 어떤 사고 때문이었는지 그 더러운 새끼들은 하루도 지나지 못하고 전부 죽어버렸어요. 고장 난 우주선과 며칠분의 비상식량만 남겨놓고서요.'

루벤은 지도에 표시되지 않은 외진 행성에 남겨진 좁은 우주선에 갇혀 시체 다섯 구와 함께 열흘을 견뎌야 했다. 그리고 당시 대체 무슨 일이 일어난 것인지 루벤은 마디나에게 제대로 설명하지 못했다. 두단은 기억을 읽는 퀑으로 사건의 전말을 파악했지만 언제나와 마찬가지로 마디나에게는 진상에 대해 침묵했다.

마디나가 두단을 불신하기 시작한 것도 그때부터였다고 한다. 아들이 생사의 경계에 선 그 순간조차도 두단은 마디나를 한 아이의 어머니로 인정하질 않았다. 사건 초기에 마디나는 이 모든 일이 두단에 의한 것일지도 모른다고 의심했다. 루벤을 자신한테서 빼앗기 위한 술책 중 하나로 말이다.

만약 유괴범들이 평소와 같은 곳에 숨었다면 두단은 간단히 그들을 찾아내서 응분의 대가를 치르게 했을 것이다. 하지만 유괴범들은 자신이 납치한 아이가 두단의 자식임을 깨닫고는 패닉에 빠진 나머지 보다 수색이 어렵고 그만큼이나 위험한 곳에 아이를 내버려두었다. 두단이 마디나에게 해준 이야기는 그 정도가 전부였다.

"해가 뜰 때까지 있어야 하는데 괜찮겠어? 가서 따뜻한 음료수라도 좀 사 올까?"

"필요 없어. 안 추워."

언제나의 루벤과는 다르게 조금 차분한 분위기다. 조용한 새벽 바다가 주는 고요는 수다쟁이인 어린아이마저도 입을 다물게 하는 힘이 있다. 나는 루벤이 너무 깊숙한 곳까지 들어가지 않도록 감시하면서 그 뒤에 서 있었다.

살얼음의 바다가 루벤의 작은 발에 뭉개지면서 사르륵사르

륵 부드러운 소리가 난다. 파도 소리와 발자국 소리가 새벽이 주는 고요에 고저를 더한다.

두단은 유괴범들이 거래를 제시하길 기다리느라 루벤의 수색에 전념하질 못했다. 그 결과 루벤은 열흘이라는 긴 시간 속에서 사람을 미치게 만드는 그 행성에서 홀로 지내야만 했다. 좁은 우주선에 여러 구의 시체와 함께 갇혀 낮과 밤이 오는 것도 구분하지 못한 채. 그 불투명한 시간 속에 놓인 한 아이가 할 수 있는 일은 많지 않았다.

'두단과 내 사이가 그렇게까지 나빴던 것은 아니에요. 별거 중이기는 했고 이혼과 관련해서 의견이 갈리기는 했지만요. 그 와중에 루벤이 납치되었다 돌아온 뒤 이혼에 대한 이야기는 완전히 들어갔고 아이를 돌보지 못함에 대해 서로 따지고 들기 시작했죠.'

'루벤은 그 사건을 잘 받아들였습니까?'

'그럴 리가요. 실어증에 걸렸었죠. 의사들도 제대로 설명하지 못했어요. 너무나도 특수한 사례였으니까요. 나중에 제대로 말을 하게 된 루벤조차도 당시를 설명하질 못해요. 돌아온 루벤은 그저 멍하니 모니터만 바라봤어요. 언젠가부터 겨우 한 마디씩 할 수 있게 되면서 겨우 원래대로 돌아왔지만요.'

저 멀리서 동이 트는 것이 보인다. 햇빛이 무수한 파도 알

갱이와 부딪히기 시작한다. 새벽의 바다와는 다른 모습이다. 루벤과 나는 걸음을 멈추고는 그 광경을 감상했다. 이 살얼음의 파도는 곧 태양의 열기에 녹아 평소의 파도로 바뀔 것이다. 다시 한번 밤이 찾아올 때까지 말이다.

"아저씨. 아침이네."

"그렇네."

이 세상 전부를 빛의 융단으로 감싼 것만 같은 풍경.

* * *

"소장님. 접니다."

―이 새끼, 연락 한번 늦네. 내가 얼마나 가슴을 졸였는지는 알아? 너 어딘데?

예상대로의 반응이다. 소장은 한숨을 푹푹 내쉬고는 멍 든 눈으로 스크린을 노려본다. 이 예민하고 신경질적인 양반에게 이 상황은 제법 버거울 것이다. 나는 그를 따라 한숨을 쉬고는 스크린을 끌까 잠깐 고민했다.

호텔로 돌아오자마자 나는 소장에게 연락했다. 루벤은 소금기를 씻어내기 위해 욕실에 들어갔고 마디나는 자고 있다. 일종의 불침번을 서기 위해 우리는 서로 자는 시간을 조율하기로 했다. 연락만 마치면 마디나를 깨운 뒤 나도 잠자리에 들 것이다. 긴 하루에 드디어 끝이 보인다.

"말씀드릴 리 없지 않습니까? 회장님에게 직접 보고하겠습니다."

—야, 너 정말 그 꼬마 애를 납치한 건 아니지?

"제가 납치를 했으면 이렇게 순순히 연락하지도 않았을 겁니다. 폭탄테러가 일어난 현장에서 누가 아군이고 적군인지도 모르는데 그곳에 가만히 있을 수도 없지 않습니까."

휴우. 소장은 안도의 한숨을 쉰다. 정말이지 길기도 긴 한숨이었다. 만약 내가 마디나와 루벤을 납치한 것이 확정이 되었다면 그날로 소장은 끝장이 났을 것이다. 이렇게 연락을 보낸 이유 중에는 소장의 목숨을 구하기 위함도 있다.

가급적 두단과 연결 고리가 적은 인물을 찾느라 소장을 골랐지만 이마저도 그렇게 안전한 것은 아니다. 패밀리의 핵심 인물들이 모인 결혼식에 테러를 일으킬 정도의 놈들이라면 어떤 채널이든 도청을 하고 있어도 이상한 일이 아니다. 저렇게 매질을 당하고도 살아남은 것을 보면 설마 그럴 리는 없겠지만, 소장 역시 범인들과 엮여 있지 않다는 보장도 없다. 나는 최대한 빨리 용건만 전달하기로 했다.

"지금은 간이로 연락을 드렸습니다. 이 번호는 바로 폐기할 겁니다. 반지에다 남긴 메시지대로 저는 그 결혼식 테러는 높은 확률로 팜의 아들과 그 신부만이 아니라 루벤 역시 노렸다고 생각합니다."

—그래, 네 말대로야. 덕분에 지금 행성 혜론 전체가 전쟁이 터지기 일보 직전이야.

"회장님도 납득하고 계시지 않습니까? 제가 결코 나쁜 마음을 먹었거나 테러리스트들과 한패라서 루벤을 데리고 도망친 것이 아니라고 말입니다."

—미친놈. 그래, 먹히더라.

"보셨는지는 모르겠지만 나름 상세하게 제 의도를 밝히고 왔습니다."

폭탄테러 현장에서 빠져나오기 직전, 나는 들러리의 시체를 뒤져 결혼반지를 빼내었다. 그러고는 앞으로 내가 저지를 행동에 대해 두단이 듣도록 상세하게 설명을 했다. 마디나를 진정시키고 이 현장에 있을 또 다른 테러를 피하기 위해, 패밀리 내부의 위험 분자들을 속여 도주극을 펼치기로 결정했다고 말이다.

편지나 메시지를 보내지 않고 반지에 대고 중얼거린 이유는 간단하다. 두단은 기억을 읽는 큉으로 폭탄테러 현장에 있는 중요한 물건들에 대해서는 모두 조사할 것이 분명했다. 그렇다면 다른 범인이나 조직원들에게 눈에 띄지 않게 이 상황을 설명하기 위해서는 메모를 남기거나 연락을 할 것이 아니라 이런 꼼수를 쓰는 편이 안전하다.

"예정대로 회장님과 직접 대화를 나눠보겠습니다. 번호를 하나 개설했으니 전달을 부탁드립니다. 회장님과의 연락만을 위해 새로 개통한 번호니까 다른 번호에 비해 도감청의 위험이 적을 겁니다. K1805B-BN22045E-CQ23입니다."

─뭐야. 뒤에 두 자리는 왜 안 불러?

"하나는 제가 회장님과 별장에서 만난 날 제가 피운 담배 갯수입니다. 그리고 다른 하나는 회장님이 별장에서 먹은 음식의 앞글자입니다."

두단은 아마 내가 담배를 피우지 않는다는 것을 기억하고 있을 것이다. 만약 그렇지 않더라도 별장에서 우피파이를 먹은 것은 잊지 않았을 것이고. 그렇다면 열 개의 번호에 일괄적으로 연락을 돌리는 것만으로도 충분히 나를 찾을 수 있겠다는 계산 끝에 만든 번호다. 그 외에는 함정으로 만든 번호들이기 때문에, 일정 시간 이상 접촉을 시도한 것이 감지될 경우 나는 번호를 전부 폐기할 것이다.

─깐깐한 놈.

"제가 이렇게 깐깐하지 않으면 소장님한테도 폐가 될 겁니다."

　—이미 폐가 됐다. 야, 네가 이렇게 밑밥을 깔아뒀다고 해
도 두단이 널 예쁘게 봐줄 거라는 기대는 하지 말라고.

　"알고 있습니다."

　소장은 다시 한숨을 쉰다. 이마의 촉수가 덜렁거린다.

　—너 말이다. 혹시 모를까 싶어서 말을 하는데 말이다. 괜
히 여자한테 낚여서 똥오줌도 가리지 못하고 두단 같은 사람
에게 이상한 수작은 부리지 마라. 그거 정말 씨알도 먹히지 않
을 일이니까. 까딱하다가는 골방에 갇혀 몰매 맞고 시체 꼴 되
는 거라고. 너만 아니라 그 잘난 네 형도 말이야.

16

이마가 지끈거린다. 숨이 막히고 열기가 오른다. 코피가 굳어서 입으로 숨을 쉬어야만 했다. 혀를 이리저리 굴려서 입 안을 점검한다. 다행히 이가 부러진 것 같지는 않다. 병원에 들러 이를 재생시킬 정도로 여유로운 상황도 아닌데 입 안이 무사한 것은 제법 행운이다.

습기가 많은 방이다. 조명은 어둡고 창에 빛은 들지 않는다. 아마도 낡은 건물의 반지하층인 것 같다. 쑤시는 목을 겨우 돌려서 방을 살핀다. 아무것도 없이 그저 철제 의자에 묶여 있는 나 하나뿐인 살풍경한 방이다. 팔과 다리를 움직여보려고 하지만 역시 무리다. 팔걸이와 다리에 사람을 묶을 수 있게 기계 장치가 달린 의자다.

소장의 조언은 큰 도움이 되지 않았다. 두단 같은 사람에게 수작을 부리다 골방에 갇혀 몰매를 맞는다니. 그런 일은 굳이 수작을 부릴 필요까지도 없다. 그저 대로를 걷기만 해도 일어 난다. 바로 지금처럼 말이다.

—일어났나? 거짓말은 하지 마쇼. 어차피 댁이 묶인 의자 로 어지간한 바이탈 사인은 다 체크하고 있으니까.

"그래…… 일어났다."

눈앞에 스크린이 켜지더니 웬 똘마니 녀석이 보였다. 서른 이나 겨우 넘겼을지 모를 얼굴이다. 샛노란색 피부에 검은 줄 무늬 문신이 세로로 새겨진 얼굴, 낡은 공장용 점퍼의 차림새 를 보아하니 어디 간부 출신은 아닌 것 같다. 제대로 살필 필 요도 없이 관상을 훑기만 해도 이 동네 깡패임을 확실히 알 것 같다. 놈은 자신만만한 표정으로, 또 어딘가 신이 난 것 같 은 표정으로 나를 노려보았다. 초짜들 특유의 흥분이 느껴져 서 귀엽기까지 하다.

소장과의 연락을 마친 뒤, 이런저런 물건들을 구입해 돌아 가는 길이었다. 금속질의 뭉뚝한 무언가가 내 등을 쿡 찌르더 니 강력한 충격에 그만 실신하고 말았다. 아마도 전기충격기. 같이 나가겠다는 마디나와 루벤을 호텔에 두고 나 혼자 움직 인 것이 천만다행이었다.

그리고 무엇보다도 다행스러운 일이 하나 더 있다. 두단에게 내 연락처를 알려준 바로 다음에 이런 손님을 맞이하게 되었다는 것이다. 무척이나 문제가 간단해졌다.

　—댁 능력에 대해서는 이미 패밀리 안에 얼추 공유가 되었거든. 그러니까 허튼수작은 부리지 못할 거요. 댁 퀑이라며? 마리오네트? 인간형 물체라면 뭐든지 조종할 수 있는 능력. 패밀리에서 주의를 주더라고. 댁 앞에 서기만 해도 내 손에 든 권총이 내 관자놀이를 겨누게 될 거라고.

　"그래…… 틀리진 않지."

　—얼핏 보면 무적으로 보이는 능력이지만 어차피 퀑이고 나발이고 선빵만 치면 그만이지.

　"그것도 맞는 말이군, 하."

　소장한테 경고를 들은 지 얼마나 지났다고 벌써 이 모양 이 꼴인지. 소장의 말대로 두단한테 개긴 것도 아닌데 간단히 골방에 끌려와서 묶여 있는 꼴이라니. 거기다 상대는 아직 사람을 죽여본 적이 있기나 할까 의심되는 풋내기다. 나는 그저 웃음이 나왔다.

　—웃어? 웃겨? 어이, 지금 재밌나? 더 재밌게 해줘?

　"어쩌게. 조종당할까 봐 무서워서 내 앞에는 나오지도 못하면서."

—그런다고 댁 앞에 나설 정도로 내가 멍청하지는 않지. 댁이랑 굳이 일대일로 대면하지 않아도 댁 입을 열 방법이야 많으니까. 내 걱정일랑은 하지를 마쇼.

똘마니는 낄낄거리며 웃더니 리모컨을 하나 들어 보였다. 그러고는 그 물건을 스크린 앞에다 대고 흔들기 시작했다. 그래. 아무런 준비가 없었던 것은 아니었나 보다. 검지의 반지도 잘 보인다. 팜이나 두단이 끼고 있던 것과 같은, 패밀리의 증표다. 내가 다른 곳에 정신이 팔린 사이 똘마니가 과장된 손놀림과 함께 리모컨의 버튼을 누르자 철제 의자를 통해 짜릿짜릿한, 마지막으로 기절했을 때의 그 충격이 다시 느껴진다.

아찔하고 아득하게 심연 속으로 잠긴다.

* * *

—일어났나?

"흐읍…… 그래."

다시 잠깐 기절했던 모양이다. 느낌이 그렇게 긴 시간 기절한 것 같지는 않다. 아마 내가 앉은 전기의자의 출력이 전기충격기보다는 약한가 보다. 아니면 강도를 낮춰서 고문하기로 마음먹은 것일지도 모르겠다.

아무튼 아마추어와 엮이면 피곤하다. 나를 죽이지 않은 이유는 내게서 얻어낼 정보가 있기 때문일 것이다. 기억을 읽는 능력을 가진 퀑을 통하면 간단한 것을 부르지 못하는 모습을 보니 그 정도 역량도 없다는 이야기다. 자신의 역량이 모자라면 패밀리 상부에 연락이라도 해서 일을 처리하면 될 텐데 그러지 않는 것은 공적을 자기가 독점하고 싶어서일 것이고. 주제 파악도 못 하는 똘마니 같으니.

—사모님과 도련님은 어디다 숨겼수? 동네에 갈 만한 곳은 다 찾아봤는데도 나오질 않는 것을 보면 댁도 제법 용해. 가방을 뒤져도 딱히 뭐가 보이지 않네.

거봐라. 똘마니가 똘마니답게 자기 수준에 맞는 뒷골목 도피처만 찾아다녔으니 평범한 숙소는 가볼 생각도 못 한 모양이다. 물론 나도 그걸 노리고 정한 숙소이기는 했지만 이렇게나 예상대로 굴러가면 그것도 실망스러운 일이다.

"넌 누구야? 회장님이 보낸 암살자냐? 나는 왜 가뒀는데?"

—암살자는 무슨. 댁이 사모님과 도련님을 납치했잖아. 패밀리는 지금 댁 잡으려고 행성 곳곳이 비상사태요.

역시나. 그렇게 알려졌나. 똘마니는 정말 똘마니로 보인다.

"좋은 말로 할 때 이거 풀자. 대외비라서 네가 모르나 본데 나는 회장님 직속으로 일을 하고 있는 사람이라고. 나중에 회장님 손에 죽기 싫으면 그냥 풀어."

─어쭈, 헛소리 한번 곱다. 어디서 잔꾀를 부리셔?

방금 전만큼은 아니지만 충분히 진력이 날 만큼의 전기충격이 온몸을 타고 흐른다. 기절을 할 정도는 아니다. 시간이 급한 것은 저쪽도 마찬가지. 그러니 내가 기절할 정도로 전기충격을 주진 않을 것이라고 나 자신에게 최면을 건다.

─자. 빨리 진행합시다. 사모님과 도련님은 어디 계시지?

"몰라."

─답답하네. 진행을 돕는 마법의 지팡이를 씁시다.

"윽…… 그극…….."

진실을 알렸지만 블러핑으로 들었다. 똘마니는 리듬감 좋게 리모컨의 스위치를 눌렀다 떼기를 반복한다. 내 몸은 바싹 구워졌다 익혀지길 반복한다.

"그래, 인정하지. 아까는 거짓말이지만, 이번엔 거짓말이 아니야. 나는 둘을 이 도시까지만 안내하기로 했어. 그리고 이제부터 둘은 다른 조직에서 데려갈 거라고 들었어."

─거짓말이 아니면 무슨 농담인가? 우리 패밀리에 맞설 조직이 어디 있다고 그러쇼. 그러면 다음 질문. 댁 말대로면 당신이 받은 의뢰는 끝이 난 셈인데 받은 돈은 어딨어?

"없어……. 그저 부탁받아서 한 일일 뿐이니까."

—나 참.

똘마니가 표정을 찡그리자 덩달아 그놈 얼굴의 검은 줄무늬도 일그러진다. 별다른 경고도 없이 리모컨의 버튼을 누른다. 나는 반복되는 전기충격 때문에 그만 오줌을 지리고 만다. 비명을 지를 틈도 없이.

실신할 것만 같은 고통 속에서 어떻게든 정신을 부여잡는다. 아직. 아직이다. 저놈이 시간이 없는 것만큼이나 내가 제정신을 차리고 있을 찬스가 많지 않다.

—자, 내가 물어볼 건 두 가지요. 사모님과 도련님이 계신 곳이 하나. 그리고 댁이 받은 돈이 있는 곳이 하나.

"아니…… 아니야. 돈은 받지 않았고, 둘이 있는 곳은 나도 몰라……. 역에서 헤어졌어. 회장님은? 회장님은 어디 계시지?"

파지직, 하고 불꽃이 튀는 소리를 들은 것 같다. 아니다. 착각인가? 어찌 되었든 내 뇌는 온갖 종류의 신호로 터져버리기 일보 직전이다. 나를 기절시킬 생각은 없겠지만 몸 성히 돌려보낼 생각도 없는 것 같다. 이 똘마니는 내 시체도 남기지 않을 것이다.

흐릿해지는 시야 속에 똘마니의 어깨 위로 커다란 벌레 한 마리나 그 비슷한 무언가가 타고 올라가는 게 보인다. 나는 눈을 감았다 뜨고, 뜨고 감으면서 지금 내가 환각을 보고 있는 것은 아닌가 몇 번이고 확인했다.

—그건 댁이 알 일 아니시고. 두단의 제안이라고 들어보셨나? 댁이 회장님을 뵙고 싶다고 해도 이제 댁 두 눈알만 곱게 뽑혀다가 회장님이 수집하는 병 안에 들어가게 될 거요. 나는 그저 운반책 정도인 셈이지. 그보다는 사모님과 도련님을 모셔다드릴 운전수에 더 가까울까?

"좋아⋯⋯. 이 정도만 하자. 더 이상 전기충격을 받았다가는 내가 죽겠어."

—그만하기는 뭘 해. 댁 눈깔이야 당신 뒤지고 뽑아도 되는 건데. 내 질문에 답하지 않으면 쓰레기처럼 죽여다 버릴 거라고.

"아니⋯⋯ 그건 아니지."

들어야 할 이야기를 겨우 다 들었다. 이 똘마니는 패밀리의 말단 중 말단임이 확실해졌다. 가장 걱정한 상황은 패밀리에서 애초에 마디나와 루벤을 죽이기로 목표를 잡은 경우였지만 이 똘마니의 반응으로 봐서 이 노선은 확실히 아니다. 다음으로 위험한 상황은 똘마니가 패밀리 내부의 배신자일 경우였지만 이 역시 아니다. 그럴 재주도 없는 놈이다.

두단에게 내 연락처를 알려준 바로 다음에 이런 손님을 맞이하게 되었다는 것은 다행인 일이다. 무척이나 문제가 간단해졌다. 나는 나 자신의 감정을 다스리기 위해 최대한 머리를 굴린다. 그 연락처는 거짓이었다. 아니, 정확히 말하자면 미끼였다. 두단이 그 연락처로 접근을 하면 나의 중개자가 신호를 확인한 뒤에야 내 진짜 연락처로 연결이 될 예정이었으니까.

"쓰레기처럼 죽는 건 너니까."

똘마니의 노란 얼굴이 파랗게 질린다.

17

똘마니는 컥컥거리며 발버둥을 치려고 하지만 줄에 묶인 꼭두각시처럼 부들부들 떠는 것이 전부다. 나는 계속해서 스크린을 노려보며 마리오네트 능력으로 똘마니의 숨통을 쥔다. 간단히 죽일 수도 있지만 그러지 않는다. 저 녀석에게 악의가 있어서는 아니다. 어쨌든 나를 이 의자에서 풀어줄 사람은 필요하니까. 그리고 죽은 시체보다는 산 인간을 기절시켜 움직이는 쪽이 더 편하다. 그쪽이 더 근육이 부드럽기 때문이다.

—어, 어떻, 어…….

"어떻게 네 숨통을 조르고 있는지 묻고 싶은 거냐? 내 능력이다."

—하읽, 하이…… 퍼……?

"하이퍼는 아니야. 그래. 공간을 조절하는 하이퍼 큉이라고 착각할 수도 있겠네. 하지만 아쉽게도 내 능력은 평범하지. 눈앞의 대상이 아니라면 다른 큉들처럼 내부 영상이랑 위치 좌표값이 필요해."

하이퍼나 형처럼 재능이 출중하다면 위치 좌표값만 얼추 알아도 큉 능력을 쓸 수 있다. 실제로 드웨이트는 언제나 자기 방에 누운 채 거실의 안드로이드를 움직여 냉장고에서 먹을 것을 가져오기도 했을 정도였으니까. 하지만 아쉽게도 나는 재능이 없었다. 그러니 이런저런 꼼수를 고민하지 않을 수 없었다. 그리고 그 꼼수들이 지금 내 목숨을 살렸다.

똘마니는 흠칫 놀라서 고개를 좌우로 돌렸다. 내 꼼수를 이제야 발견한 것이다. 나는 똘마니 어깨에 올라간 장난감 병정의 손을 좌우로 흔들어 인사를 보냈다. 저 손가락만 한 작은 장난감이 내가 암살자로서 갖고 있는 최고의 무기다.

"나의 능력은 마리오네트지. 그 대상이 될 물체는 인간의 형태에 가까울수록 조종이 유리하고 크기가 작을수록 편해. 바로 네 어깨에 올라간 그 장난감 병정처럼 말이야. 보통 장난감과는 달리 카메라와 GPS 및 데이터 송수신 기능이 더해진 특제지."

그리고 내 두개골에는 소형 임플란트가 이식되어 있다. 내 장난감 병정들로부터 정보를 수신하는 임플란트가. 장난감 병정과 임플란트, 이 두 가지를 통해 나는 내 마리오네트 능력을 십분 활용할 수 있게 되었다. 정보를 수집하기에도, 시야 바깥의 적들을 조종하기에도 편리하다.

가방에서 장난감 병정을 몇 개 더 꺼내서 똘마니가 있는 방과 그 주변을 확인했다. 똘마니가 내 소지품을 체크하기 위해 가방을 가져간 것은 제법 운이 좋았다. 만약 가방을 가져가지 않았다면 내 장난감 병정들이 똘마니가 있는 곳을 찾아 기나긴 행군을 해야 했을 것이다.

곧 똘마니는 간단히 기절을 했다. 보아하니 다른 조직원은 없는 것 같았다. GPS를 보면 똘마니는 내가 갇혀 있는 이 반지하방의 바로 옆방이나 그 근처에 있을 터였다. 나는 잠시나마 한숨을 쉬고는 전기충격에 지친 몸과 똘마니를 상대하느라 지친 머리를 식히기로 했다.

습하고 어두운 반지하방에서 아예 기절하고 싶은 유혹마저 든다. 하지만 그랬다가는 정말로 살해를 당하겠지. 철제의자에 묶여 욱신거리는 몸을 어떻게든 추스르기 위해서라도 일단 이 장소를 벗어나야 한다. 나는 다시 한번 내 시선을 장난감 병정과 동기화시켜 기절한 똘마니를 움직였다.

리모컨으로 결박을 풀고 자리에서 일어나니 삭신이 쑤신

다. 기지개를 펴고 스트레칭을 해 굳은 몸을 푼다. 시계를 보니 거의 한나절을 쓰고 말았다. 이 정도면 수확이 제법 있다고 생각은 하지만 마디나와 루벤이 걱정하고 있을 것이다. 어서 볼일을 마치고 돌아가서 둘에게 보고한 뒤 푹 쉬자며 나 자신을 다독인다.

* * *

"일어났나?"

"으음…… 흠…….”

이제 상황은 정반대다. 아까와 같은 낡고 더러운 반지하방이지만 이 고문용 철제 의자에 묶여 있는 것은 똘마니고 그 모습을 지켜보는 사람은 나다. 악취미나 복수심에서 비롯한 일은 아니다. 그저 마디나와 루벤 두 사람을 경호하는 업무의 연장선상이다. 하지만 똘마니는 겁에 질려서 얼굴에 새겨진 검은색 줄무늬가 직선이 아닌 지그재그로 보일 정도로 찡그린다.

별로 아랑곳할 일은 아니다. 똘마니가 별 대꾸를 하지 않으니 나도 똘마니의 계정을 살피면서 이런저런 읽을거리를 찾는다. 하지만 아쉽게도 딱 내가 예상한 수준까지의 정보다. 고작 이 정도의 정보를 얻기 위해서 그 고문을 당했다고 생각하니 손해를 본 느낌이다.

쿠당탕, 하고 큰 소리가 들려 돌아보니 똘마니가 의자에 묶인 채로 넘어져 있었다. 그렇게 해서 풀릴 의자면 애초에 나를 그 의자에 묶지도 않았을 것이면서. 미안한 일이지만 나는 살짝 웃어버렸다.

"살려줘, 살려줘…… 살려주세요……."

"삼행시."

"……네?"

"삼행시 지어봐. 잘 지으면 살려준다."

똘마니는 어리둥절한 표정으로 간절하게 나를 바라본다. 이것 참. 농담이 통할 상대는 아닌가. 하지만 굳이 무를 것도 없겠다는 생각에 나는 목덜미를 긁적이면서도 시인에게 마감을 촉구했다.

"똘마니로 삼행시."

"똘…… 똘……."

열심히 시상을 떠올리는 모양이지만 내 알 바는 아니다. 시를 어떻게 짓든 결과는 정해져 있으니까. 나는 다시 똘마니의 이런저런 계정을 뒤지면서 도움이 될 정보를 모았다.

두단에게 알린 연락처는 일종의 미끼였다. 그 연락처로 통신을 걸면 마디나와 루벤의 곁에 있는 내가 아닌 공항에 놓고 온 장난감 병정에게 연결이 된다. 그러면 나는 장난감 병정을 통해 두단이나 내가 신용할 만한 사람에게서 온 연락인지 확인한 뒤 내 진짜 계정으로 중계할 예정이었다. 만약 두단이나 소장의 배신으로 암살자의 기습이 있더라도 내가 있는 곳이 아닌 장난감 병정이 있는 곳으로 갈 터였다.

나는 두 번째 미끼였다. 마디나와 루벤을 숙소에 숨겨두고는 보란 듯이 공공장소의 CCTV에 얼굴을 찍히며 움직였으니까. 이렇게 중계용 연락처라는 첫 번째 미끼는 불발에 그쳤고 나 자신이라는 두 번째 미끼는 고작 똘마니가 물었으니 아쉬운 노릇이다. 아니, 좀 배부른 소리였나.

"니…… 니…… 니미 조또 시팔!"

"좋아. 통과."

똘마니는 놀라서 입을 다물지 못한다. 삼행시를 다 듣진 못했지만 아마 내 욕을 했을 테지. 좀 짓궂지는 않았나 싶긴 하지만 방금 전까지 나를 전기로 고문하고 죽일 생각이었던 놈이다. 이 정도라면 천주님도 정당방위로 봐주시리라.

어쨌든 이 녀석 덕분에 지금 패밀리의 분위기를 대충 알 수 있었다. 우선 두단은 나를 잡을 생각이 없다. 오히려 내 작전에 어느 정도 동의를 한 모양이다. 만약 두단이 나를 잡기로 마음을 먹었다면 내가 알려준 첫 번째 미끼를 물었어야 했다.

별 볼 일 없는 똘마니가 아니라 부하들 중에 정예를 통해서 말이다. 하지만 고작 이런 똘마니가 나를 찾으려고 돌아다니는 모습을 보면 그저 체면상 나와 마디나 그리고 루벤에 대한 수색 명령을 내린 정도로 보인다.

문제는 두 번째 미끼가 불발로 먹혔다는 것이다. 이 똘마니 덕분에 결국 폭탄테러를 일으켰을 누군가의 윤곽을 잡지 못했다. 패밀리에 수배가 걸렸다는 정보 정도가 수확일까.

"감사합니다, 감사합니다. 놔주시면 평생 은인으로 알겠습니다."

"살려준다고 했지 놔준다고 한 적은 없는데."

"뭐……?"

천주님께서 용서하시지 못할 일은 지금부터다. 나는 똘마니의 스크린을 조작해 놈의 앞에다 띄웠다.

"좋아하는 방송은?"

"뭔데 아까부터! 나랑 사귀게?"

"내가 널 이대로 풀어주면 패밀리에서 날 쫓을 거 아냐. 그러니까 나는 널 여기 묶어놓고 갈 거야. 하지만 그냥 묶여만 있으면 심심할 테니까 네 스크린으로 네가 좋아하는 채널 정도는 틀어줄 거고. 여기 장소, 지금 체크했으니까 사흘 뒤에 구급대원들에게 신호가 가도록 예약 발신을 설정했어. 그러니까 짧은 휴가라고 생각하고 푹 쉬어라."

똘마니는 발버둥을 치며 발광한다. 이것도 일종의 고문이니까 무섭기도 할 것이다. 이 녀석을 죽이면 일이 간단히 풀리긴 하겠지만 굳이 두단과 척지고 싶지는 않다. 살인은 어디까지나 뒷배가 확실할 때 하는 일이다. 그러니 죽이지 않더라도 이 똘마니를 무력화시킬 방법이 필요한데 마침 떠오른 것은 이런 감금 정도다.

"맞다. 잊을 뻔했는데 말은 해줘야겠지. 도주 자금이 모자라서 네 계정으로 이것저것 쇼핑을 좀 했다. 다음에 갈 숙소도 네 계정으로 예약했어. 잔액이 남지 않도록 다 써버리기는 했는데 여기 야고보라고 내 명의로 영수증을 써놓았으니까 나중에 회장님에게 청구하도록 해. 아마 군말 없이 받아주실 거다."

두단에게 영수증을 청구할 정도의 배짱이 있을 때의 이야기지만 말이다. 나는 슬쩍 웃어 보이고는 지긋지긋한 반지하 방을 나섰다. 똘마니의 어처구니없어하는 얼굴을 뒤로하고서. 이 정도야 어디까지나 사적인 감정 없는 경호 업무의 연장선상이다.

18

　―꼴이 엉망이군.

"패밀리 단원을 만나서 안부를 좀 나눴습니다."

　―고생했어. 죽였나?

"집만 보게 했습니다."

　―잘했어.

당연한 이야기겠지만 두단의 얼굴은 썩은 쥐를 삼킨 것처럼 짜증으로 가득하다. 결혼식에 있었던 사건의 뒤처리로 정신이 없을 테니 놀랄 일은 아니다. 문장이 짧고 목소리도 느릿하니 이전의 그 힘이 넘치던 기세가 느껴지지도 않는다.

잘했다고는 하지만 두단의 불도그 같은 얼굴에 기쁜 기색은 없다. 나는 똘마니의 아지트에서 빠져나온 뒤 마디나에게 내 상황을 간략히 공유하고 안전함을 알렸다. 다음으로 한 일은 두단이 남긴 메시지는 없나 체크하는 것이었다. 두단은 내가 연락을 받지 않자 개인용 통신 코드를 남겼다.

그러고는 이런저런 절차를 거친 끝에 바로 대화를 할 수 있었다. 이 과정은 은밀히 진행할 필요가 있어서 오래 걸리지 않을까 걱정한 것에 비해 일처리가 빨리 풀렸다. 덕분에 마디나에게 숨길 필요도 없이 숙소로 가기 전 옷을 갈아입은 뒤 잠깐 들른 펍에서 연락을 받을 수 있었다. 두단은 부하들에게, 나는 마디나에게 알리고 싶지 않은 대화였으니까.

—내 생각도 네 예상과 크게 다르진 않아. 일단은 패밀리 외부만이 아니라 내부도 살피고 있어. 그러니 누구를 믿고 누구를 믿지 말아야 할지 정확해지기 전까지는 너를 돕지 않겠다. 패밀리에서는 너를 유괴범으로 알고 쫓을 거야. 내가 말릴 수는 없지. 사정을 밝힐 수 없으니까.

"알겠습니다."

—하지만 결혼식을 망친 놈들을 찾기 전까지니까 그렇게 오래 걸리지는 않을 거다. 굳이 범인을 찾을 것 없이 용의자가 아닌 놈들만 추려도 루벤을 데리러 갈 수 있어. 이틀 정도면 될 거야. 그러니 조금만 견뎌봐. 일이 위험해졌으니 보수는 세 배로 주지.

"감사합니다."

펍의 맥주 맛이 무겁다. 무덤덤한 사형선고다. 네가 죽을 수도 있지만 뭐 어쩔 수 없다는 식의. 아니, 아니다. 내가 너무 과민 반응 하는 것이다. 이틀 정도만 추적을 피하는 것이라면 어떻게든 할 수 있다. 그렇게 믿지 않으면 아무것도 하지 못한다.

더욱이 약속한 보수의 세 배면 평생까지는 아니어도 내 앞가림 정도는 할 수 있을 돈이다. 전기 마사지를 몇 번 받은 값이라 생각하면 적당히 이득이다. 나는 나 자신을 좀 더 쉽게 속이기 위해 남은 술을 비웠다. 아쉽게도 도수가 모자라다.

─그리고…… 죽을 거 같으면 죽여. 알겠어?

"알겠습니다. 하지만 최대한 그럴 일은 없도록 하겠습니다."

─야. 그러지 마. 너는 내가 이런 말까지 하는 이유를 못 알아듣잖아. 죽여야 할 때는 죽이라고. 이것조차 지키지 못하는 놈에게 내가 뭘 맡기겠어.

두단은 으르렁거린다. 미간의 주름도 백과사전의 페이지 수처럼 늘어난다. 두단도 결국 두목의 위치에 너무 오래 앉았던 사람인가. 나 같은 일용직이 회장 앞에서 정규직을 죽이겠다고 말하는 일의 부담감을 영 모른다. 아니, 차라리 회사라면 고용관계에 불과하지만 패밀리는 패밀리다. 피가 아닌 규율로 묶인 가족이다.

—나에게 가장 중요한 건 패밀리다. 여기까지 올라올 수 있었던 유일한 이유도 바로 그 믿음 덕분이었어. 내가 아무리 개짓거리를 해도 모든 것은 패밀리를 위해서고 패밀리의 이득이 되는 방향이었으니까. 그리고 내가 추락하더라도 아쉽지 않을 이유도 그것 하나다. 내가 무너진다면 그건 다른 누구도 아닌 내 패밀리의 손에 의해서여야만 하고 내 패밀리는 이미 그렇게 움직이고 있어. 패밀리의 존속을 위해서라면 나 역시도 하나의 장기 말이라고.

두단은 스크린 가까이에 오른쪽 손등을 들이밀었다. 검지의 반지가 보인다. 패밀리의 증표. 두목부터 말단까지, 모두가 똑같은 디자인에 똑같은 재질로 만들어진 반지를 끼고 있다. 누군가에게는 공포의 상징이고 누군가에게는 연대의 상징인.

두단은 검지로 방문을 노크하듯 스크린을 두드린다. 보스의 손짓이다.

—루벤을 일찌감치 후계자로 삼지 않겠다고 공언한 것도 그 이유에서였다고. 패밀리가 강하게 남기 위해서는 강한 후계자가 필요한데 그걸 고작 핏줄이라는 기준만으로 정할 수는 없었어. 그 아이가 패밀리와는 떨어져 살면서 행복하게 살길 바라는 마음도 있지만, 루벤과 패밀리를 고르라면 나는 패밀리를 고를 거다. 알겠어?

"예."

—몇 명이 죽더라도 이 문제는 확실히 해야 해. 만약의 경우 내가 죽고 루벤이 후계자로, 그리고 그 뒤에 애먼 놈들이 후원자라는 이름으로 섭정 노릇을 하기라도 하면 그땐 패밀리는 더 많은 피를 흘리고 우리의 규율은 무너질 것이란 말이다.

"명심하겠습니다."

—어이.

침묵이 이어진다. 펍의 소음만 들린다. 누군가의 수다. 잔의 부딪힘. 취기가 느껴지는 발걸음. 이로 음식을 찢고 짓이기고. 늙은 투견의 거친 숨소리만이 남는다.

—루벤을 죽이라고.

내가 어리석었다. 이제까지의 대화에 단 하나도 제대로 이해하고 있는 것이 없었다. 두단은 날 희생시킬 생각이 아니다. 나나 똘마니의 목숨값은 너무나도 싸구려라 두단은 한푼 두푼 계산할 발상조차 하지 못했을 것이다. 하지만 루벤은 다르다. 루벤은 아니다. 패밀리의 내부에서 혹은 외부에서. 그 아이의 목숨은 이 행성과 등가인 것이다.

—어디까지나 그 아이가 나 아닌 다른 사람의 손에 들어갈 것 같으면.

"두단의 제안입니까?"

—그래.

　두단이 말하는 희생은, 패밀리를 위해 자기 자신도 죽을 수 있다는 말은, 그러니까 나더러 죽으라는 말이 아니라 자신의 부하든 자식이든 죽이라는 말이었다. 뜬금없는 걱정을 했던 스스로가 부끄러워지는 동시에 어린아이를 죽이라고 사주받는 운명이 하찮게만 보인다. 루벤을? 그 꼬마를?

　욕지기가 튀어나오기 직전이다. 내 손이 아무리 더러워졌어도, 아비가 자식을 죽이는 것을 돕는다는 것은 너무나도 구역질 나는 일이다. 마디나가 옳았다. 두단은 루벤을 죽일 생각이다. 비록 마디나의 의심과는 다른 이유더라도 이 남자는 필요하다면 가장 사랑하는 자식조차 죽이라고 할 수 있는 인물이다.

　어쩌면 이번이야말로 기회일지도 모른다. 마디나의 말을 듣는 것이다. 행성 헤론의 지배자고 뭐고, 도망쳐버리면 그만이다. 그 결과 나도 마디나도 죽게 될지도 모르지만, 아니 아마 분명 그렇게 되겠지만 어쨌든 품위는 지키고 죽는 것이니까.

　—결과가 어떻게 나오든 네 형…… 드웨이트라고 했던가?

　그리고 이 한심한 기사도는 3초도 가지 않아 스러지고 만다. 나와 다르게 두단은 바보가 아니다. 내 어디를 찔러야만 하는지를 적확하게 알고 있다.

―찾아내는 그 즉시 돌봐주도록 하지. 내가 죽더라도 네 형에 대한 후원은 진행되도록 설계할 테니까 다른 걱정은 하지 마.

그것이 두단의 제안이다.

―오해하지 않도록 덧붙여두지. 나도 루벤을 죽이고 싶지는 않아. 가능한 한 너도 그 아일 죽일 상황까지 몰고 가지 말라고. 착한 아이고, 내 자식이야. 이 세상의 누구보다 사랑한다. 하지만 사람의 목숨에 값은 매기지 못하더라도 숫자는 매기게 돼. 사랑도 마찬가지야. 비록 루벤만큼 사랑하지 않더라도, 오히려 조금 깔보고 있더라도 이 행성에 살고 있는 사람들에 대한 내 개개의 사랑을 합하면 물리적으로 그 총량은 루벤에 대한 사랑을 넘어설 수밖에 없게 된다. 임계점을 넘어선다고.

멍청하게 답하지는 않는다. 이 늙은 투견이 자신의 행동에 대해 변명을 하고 있다. 나처럼 밑바닥 생활을 하는 암살자 앞에서조차도 하기 수치스러운 명령이었음을 누구보다도 저 늙은 개가 가장 잘 알고 있을 것이다. 그의 두터운 턱이 파르르 떨린다.

맥주가 쓰게 올라온다. 목을 적실 요량으로만 시킨 술이라 도수도 높지 않은 가벼운 것이었는데도 구역질과 함께 쓰고 지저분한 위액의 신맛이 입 안을 헹군다.

　—네가 실패할 경우에 어떻게 될지에 대해서는…… 말하지 않아도 되겠지.

　곧 스크린이 꺼졌다. 나는 방금 마셨던 맥주보다는 조금 더 독한 녀석을 한 잔 주문했다. 술맛이 더러웠다. 더러운 술맛을 잊기 위해서는 더 독한 술을 더하는 수밖에 없다. 하지만 어느 만큼이나 독한 술을 주문해야 이 역함이 가실지는 가늠이 되지 않는다.

　마디나에게는 조금 더 늦을 것 같다고 연락을 보냈다. 가게를 나섬과 동시에 이틀 동안의 서바이벌이 시작될 것이다. 아니, 이미 시작한 것이다. 곯아떨어질 때까지 마시고 잊어버리고 싶지만 아직은 때가 아니다. 차마 취하지도 못한다. 정말이지. 꼴이 엉망이다.

19

으슬으슬 소름이 돋는다. 피부에 스치는 흰 이불의 찬 기운
에 베일 것만 같다. 몸이 무거워 조금이라도 움직이기 어렵다.
온몸이 깊은 바다에 빠지듯 침대의 한가운데로 조금씩 가라앉
는다. 잠이 든 것인지 꿈을 꾸는 것인지 겨우 깨어난 것인지 경
계의 가장자리에서 맴돌기를 반복한다. 제법 독한 몸살이다.

온 근육이 쑤시는 것을 겨우 참아가며 이마에 손을 짚어보
았다. 열이 오른 것 같다. 아마 맞을 것이다. 일어나려고 해봐
도 허리에 힘이 들어가지 않는다. 하지만 가장 어려운 것은 눈
을 뜨는 일이다. 내 몸에서 가장 가벼운 거죽일 터인데 온 힘을
다해도 움직여지지가 않는다. 그저 천천히 숨을 들이쉬고 내
쉬는 것만으로도 폐부가 갈라지고 심장마저 토해낼 지경이다.

똘마니의 아지트에서 돌아와 나는 마디나에게 사정을 설명한 뒤 바로 호텔 침대에 쓰러지고 말았다. 전기로 지져진 뒤 술을 연거푸 들이켠 것이 아무래도 몸에 무리를 준 모양이다. 아니기도 어렵겠지. 남들에 비해서 제법 이런저런 고생을 해본 나도 전기의자 위에 앉아 튀겨지긴 이번이 처음이었으니 말이다. 두단의 연락을 받고 숙소로 돌아와 마디나와 루벤을 안심시킨 기억이 백 년도 더 전 이야기로 느껴진다.

어둡고 춥다. 빙하에 갇힌 것처럼 모든 감각이 닫히고 그저 시리도록 매서운 냉기에 몸부림칠 뿐이다. 이대로 죽을지도 모르겠다. 나쁜 결과는 아니다. 잘된 꼴도 못된 꼴도 보지 않고, 내가 잘못한 것들과 실패한 것들을 다 잊어버릴 수 있을지도 모르지. 그러나 뜨거운 무언가가 내 품속으로 파고든다.

따스하고 부드러운 무언가가 이불을 비집고 들어와 파고들자 식은땀으로 젖은 몸이 닦여진다. 온기와 냉기가 뒤섞여 조금은 상쾌한 기분이 든다. 신음이 비집고 나오는 입술을 입술이 덮는다. 데워진 숨결을 차갑고 뭉클한 혓바닥이 핥는다. 방금까지의 무겁기만 하던 몸이 약간은 풀어진다.

무언가는 입술에서 목덜미로, 목덜미에서 가슴으로 내려가며 강아지처럼 얼굴을 비빈다. 땀으로 젖은 이불과 시트에 달콤한 향기가 뒤섞인다. 숨을 쉬기가 편해졌다. 하지만 여전히 눈을 뜨기는 쉽지가 않다. 아니, 오히려 더욱 눈이 감긴다. 계속해서 날카롭게 날이 섰던 감각들이 낯선 온기에 천천히 누그러진다.

체온과 체온이 맞닿자 상궤를 벗어났던 나의 몸도 조금씩 원래 상태로 돌아오기 시작한다. 파르르 떨리던 피부는 가라앉고 곤두선 신경은 나른해진다. 방금까지는 소리가 날 정도로 거칠게 심호흡을 해야만 겨우 숨 쉴 수 있었지만 이제는 숨결도 고르게 되었다.

겨우 잠들 수 있을 것만 같다. 나는 조금이나마 돌아온 힘을 다해 무언가를 품에 안았다. 닿는 면적이 넓어지니 전해지는 온기의 양도 커진다. 작은 손이 느긋하게 내 가슴과 배를 쓰다듬는다. 점점 내려간 손길은 곧 온기를 열기로 바꾼다. 약간은 긴 실랑이가 지난 뒤 단단하게 달궈졌던 몸은 독을 토해내고 부드럽게 식는다.

짙은 독이 빠져나오자 다시 한번 정신이 아득해진다. 하지만 조금 전까지의 고통으로 가득 찬 어둠이 아니다. 땀을 흘리고 독을 쏟아내고 상쾌하기까지 한 기분으로 모든 것을 내려놓았다.

* * *

잠에서 깨어나니 내 옆에는 마디나가 누워 있었다. 동백꽃
의 여자. 흑단의 피부에 달콤해 보이는 선홍빛의 머리칼이 탐
스럽게 흐트러져 있다. 날뛰던 열도 내렸고 땀으로 한껏 젖은
몸도 춥거나 불쾌하기보단 되레 시원하다. 어제까지의 아픔이
거짓말만 같다. 근래 그 어느 때보다도 더 좋은 컨디션이다.

마디나의 머릿결을 쓰다듬으며 자는 얼굴을 감상했다. 아
마 나를 간병했던 것 같다. 어젯밤은 앓느라 제정신이 아니었
다. 옆에 누가 왔는지 기척과 감촉만 느꼈을 뿐이니까. 이렇게
고된 상황에 날 던져놓기는 했지만 그래도 보살펴준 것이 무
척 고맙다.

아무 일 없는 것처럼 이 사람의 얼굴을 바라보는 일은 그것
만으로도 꽤나 사치스러운 유흥이지만 언제까지 이러고 있을
수는 없다. 침대에서 일어나 샤워를 하고 간단히 객실에 놓인
주전부리를 찾아 먹었다. 마치 다시 태어난 기분이다.

창밖으로는 바다가 보인다. 성야제를 이틀 앞두고 날씨가
좋다. 밝은 햇살이 찰랑이는 파도에 부딪혀 눈부시게 흩어진
다. 똘마니의 돈으로 예약할 수 있는 가장 좋은 호텔의 제일
비싼 방으로 들어온 덕에 볼 수 있는 풍경이다. 저번 숙소도

제법 괜찮았지만 그래도 돈이 드는 곳은 돈값을 한다.

　메모지를 찾아다 잠깐 나갔다 오겠다고 적었다. 고급 호텔을 고른 것은 똘마니를 골려줄 생각도 있었지만 그뿐만은 아니다. 이런 곳일수록, 그것도 비싼 방일수록 보안에 철저하다. 큄들의 출입 여부를 파악하기 위해 출입문에서 게오르그 필터 체크도 하고 있으며 기타 사건 사고에 대한 방비가 충실하니까. 잠시만이라면 잠든 마디나를 내버려두고 호텔을 둘러보며 숨을 돌려도 될 것이다.

* * *

　호텔의 정원은 성야제를 맞아 적색과 녹색의 온갖 장식으로 화사하기 그지없다. 원래부터도 꽃과 나무가 풍성하게 배치된 정원인데 축제 분위기마저 더해지니 보는 맛이 있다. 느린 걸음으로 아무 생각 없이 이곳저곳을 거니는 것만으로도 즐겁다.

　고엘 정교회의 가르침에 의하면 성야제의 장식 중 이 두 가지 색이 많은 이유는 적색은 피를, 녹색은 푸르른 자연을 상징하므로 모두 긴 겨울에 끝을 고하는 생명력을 의미하기 때문이라고 한다. 천주님의 말씀을 듣고 자연에 따르는 것을 목표로 하는 고엘 정교회에 있어 천변만화하는 행성의 흐름에 귀기울이는 것 역시 중요하다. 덕분에 냉담자인 신자이지만 계절마다 벌이는 행사와 축제로 눈이 즐겁기는 하다.

이런 여흥은 어디까지나 앞으로 있을 일에 대한 방어기제고 현실도피일 것이다. 패밀리와 패밀리의 배신자 양측으로부터 추격을 당하고 만약의 경우 경호의 대상인 어린아이의 목숨을 내 손으로 거둬야 한다고 생각하면 어쨌든 실실 웃고 다닐 기분은 아니니까.

여러 가지 상념에 젖어, 또 상념을 잊으려 걷고 또 걷는 사이 저 멀리서 귀에 익은 노랫소리가 들려왔다.

사랑하는 자마다 천주의 자녀 됨이니

천주는 사랑이어라

너희 또한 서로 사랑이어라

천주가 사랑이심과 같이

루벤이다. 루벤은 정원의 한적한 곳 벤치에 앉아 결혼식 축가로 연습했던 노래를 부르고 있었다. 방에만 있기 심심했던 모양이다. 놀랄 일도 아니다. 이런 호텔에 아이들을 위한 시설이야 얼마 없기도 하거니와 그나마도 루벤이 즐길 만한 것들은 요 며칠의 도피 여행 중 이미 질릴 만큼 놀았다. 게다가 안전 문제로 나의 보호 없이는 호텔 밖으로 나가지도 못하게 했으니. 안된 노릇이다.

이 꼬마는 나와 눈이 마주치자 살짝 눈웃음을 짓더니 노래에 기교를 얹는다. 음과 음 사이를 가로지르며 이런저런 장난을 더한다. 나도 그 벤치로 가 앉았다. 도망을 치느라 마두금이나 인형들을 놓고 온 것이 못내 아쉽다. 최소한 마두금이라도 가져왔다면 루벤의 노래에 맞춰 연주를 할 수 있었을 텐데.

"꼬마. 심심하지?"

"끔찍해. 죽을 것만 같아. 원래라면 성당에서 합창 연습을 하고 있었을 거잖아."

"어떻게 할까. 게임이라도 할래?"

"필요 없어. 노래가 더 좋아."

입으로는 투덜거리고 있지만 눈은 웃고 있다. 그렇게까지 심각한 상황은 아닌 것 같다. 뭐, 이 아이를 죽이게 되는 것은 아닐까 하는 걱정보다 심각한 문제도 없겠지만 말이다. 어른들의 사정으로 적과 아군한테 가릴 것 없이 목숨을 위협받고 있는 이 자그마한 아이를 동정할 자격은 나에겐 없을 것이다. 가장 가까이 있는 보호자이자 암살자니까.

"왜 노래가 더 좋은데?"

"내 마음대로 되는 게 재미있거든. 특히 합창. 친구들이 내는 여러 음이 포개어질 때 나는 음을 섬세하게 조율해. 소프라노든 테너든 내 소리를 듣고 자기 음을 다시 조율하지. 그러다 완벽한 하모니를 이룰 때, 정말 기분이 좋아."

"그래. 네가 끼어 있을 때랑 끼지 않았을 때랑 확연히 차이가 나더라."

"그렇지?"

입으로는 '그렇지?'라고 되묻지만 그 웃는 눈매에는 기뻐하는 기색이 역력하다. 역시 아직은 꼬마다. 루벤은 신이 나서 조잘거리기를 멈추지 않는다.

"다들 목소리를 한껏 올리거나 음에 감정을 얹거나 할 때 내가 약간 그 등을 떠밀어주는 것만으로도 더 좋은 노래를 부르게 될 때 무언가 해낸 것 같아. 살아 있는 것 같아."

"하지만 너는 가끔 너무 감정을 담을 때가 있어. 그건 네 재능이지만 사람들이 너를 따라가지 못할 때가 있다는 것도 알아야지."

"아저씨처럼?"

"그래. 아저씨처럼."

꼬마 녀석. 찔리게 하기는.

"하지만 그건 그것대로 즐거워."

"그래. 그러면 그래도 괜찮겠지."

"아저씨는?"

"응?"

"아저씨는 괜찮아?"

부끄러운 노릇이다. 보호 대상이자 암살 대상에게 괜찮냐는 말을 듣다니. 루벤은 진심으로 나를 걱정하고 있다. 그간 내 모습이 얼마나 불안해 보였는지 반성이 되었다. 마디나도 루벤도 내가 어떤 사람인지도 모른 채 나를 의지하고 또 의지해주길 바란다. 정말이지. 정말이지.

"안 괜찮으면 내가 위로해줄까?"

"위로?"

"응. 위로."

맙소사. 아무래도 내가 이 어린 꼬마 녀석을 너무나도 불안하게 만들었나 보다. 루벤은 그 나이 또래에 어울리지 않는 세심한 미소를 보내며 나를 배려하고 있었다. 아무리 하루 정도 자리를 비웠다고는 해도 그렇지 이 정도로 위협을 느끼고 있었을 줄은 상상하지 못했다. 평소 마디나와 루벤의 나에 대한 판단이 맞다. 나는 거짓말을 못하는 것이 맞다.

내가 당황한 나머지 대답을 하지 못하자 루벤의 얼굴이 조금 더 굳는다. 나는 어떻게든 민망한 표정을 감추기 위해서라도 어설프게나마 웃어 보였다. 지금 위험한 사람은 나보다는 루벤임에도, 그리고 그 위협하는 사람은 바로 나임에도 말이다.

"위로라니. 어린애는 어른한테 위로 같은 거 하지 않아도 돼."

"하지만 아빠는 힘들 때마다 위로해달라고 했어."

"그야 네 아버지는…… 회장님은 이런저런 일이 많으시기도 하고 또 부자 사이니까."

두단이 스스로 말했듯이 부자간의 사이가 나쁘지는 않았던 것 같다. 어떻게 보면 만약의 경우 아들을 죽이라는 두단의 결정은 패밀리 지도자라는 입장에서 봤을 때는 용단이라고 할 수 있을지도 모르겠다. 아니. 아니다. 자식을 죽이는 일이다. 어린아이를 죽이는 일이다. 어떤 이유로도 비난을 피할 수는 없다.

패밀리를 위해서라면 아들을 죽일 수 있는 아버지라는 이야기는 하지 않아도 되겠지. 나는 루벤의 머리를 토닥였다. 루벤도 긴장이 누그러진 것 같다. 어색하기는 하지만 나쁜 기분은 아니다. 만약 아이가 태어났다면 이런 일을 겪었을지도 모른다.

결국 내가 해야 할 일은 하나다. 두단이 형을 죽이지 않게.

174

내가 루벤을 죽이지 않게. 무슨 수를 써서라도 어떤 이들에게 서든 이 아이를 지키는 일이다. 그렇다면 더 이상의 죄를 짓지 않을 수 있으니까. 부디. 천주님이시여.

"위로는 됐고. 노래나 좀 더 불러봐."

"그게 좋아?"

"그게 좋아."

20

"꼬마야. 저녁에 연등놀이 보러 가자."

"정말? 호텔 밖으로 나가도 돼?"

객실 소파에 눌어붙은 것처럼 누워 있던 루벤의 눈이 빛난다. 드디어 이 기나긴 성야제 주간에 끝이 보인다. 며칠간의 도주와 은둔의 나날도 곧 끝난다는 말이기도 하다. 내일이면 행성 헤론의 사람들은 모두 고엘 정교회의 성당에 모여 성야제 미사를 지낸 뒤 집으로 돌아가 가족과 함께 시간을 보낼 것이다. 하지만 성야제 주간 중 축제로서 가장 화려한 날은 성야제 당일이 아니라 성야제 전야다.

그리고 헤론의 성야제 전야 행사에서 결코 빼놓을 수 없는 것이 바로 연등놀이다. 검은 하늘 밑 흰 눈이 쌓인 도시는 적색과 녹색의 장식들로 꾸며지고 시민들은 연등에 불을 붙여 하늘로 띄워 올린다. 도시마다 규모가 다르긴 해도 대부분 지자체의 예산을 많이 쏟는 행사이기에 제법 장관이다. 큰 도시의 경우에는 성야제 전야를 즐기기 위해 외행성으로부터 찾아온 관광객들로 가득 찰 정도다.

루벤도 행성 헤론 태생인 만큼 이날의 즐거움을 모를 리 없다. 그래서 그런지, 내 이야기를 듣자마자 저리도 신나 하는 모습이라니. 루벤은 산보 가자는 말을 들은 강아지처럼 신이 나서 폴짝폴짝 뛰기 시작한다. 하기야. 무리도 아니다. 행성 헤론에서 가장 큰 축제인 성야제 주간 동안 갇혀만 지냈으니 열 살 남짓한 소년에게는 분할 정도로 억울한 처사일 법도 했다.

마디나는 행복한 루벤을 보자 이래저래 마음이 복잡한 모양이다. 불쌍한 아들이 오늘 같은 성야제 전야만이라도 즐겁게 노는 모습을 보고 싶다는 욕심과 만약에 밖으로 나갔다가 무슨 일이라도 생길지 모른다는 걱정이 섞여 미소를 지어도 어색하게만 보인다.

"야고보. 정말 밖으로 나가도 괜찮을까요?"

"100퍼센트 안전하다고는 말씀드리지 않겠습니다. 하지만 굳이 오늘이 아니더라도 숙소는 한 번 옮기지 않으면 안 됩니다. 그러니 기왕 움직여야 한다면 성야제 전야와 성야제처럼

177

인파가 많은 날이 비교적 안전합니다."

루벤은 엄마가 걱정하는 것도 모르고 방방 들뜬 모습이다. 마디나는 팔짱을 끼고는 뭔가 골똘히 고민한다. 나는 루벤이 보지 못하도록 조심하며 마디나의 어깨에 손을 얹고는 웃어 보였다. 부디 이 사람이 내가 아름다운 모자를 보호하는 충실한 보디가드의 역할에 도취된 나머지 성야제 전야의 로맨틱한 데이트를 원하는 것으로 착각하지는 않기를 빌면서. 아니, 착각하기를 빌면서.

그래도 마디나와 루벤이 행복한 성야제 전야를 보내기를 바라고는 있다. 자정이 넘어 성야제가 되면 나는 마디나를 배신하고는 두단의 부하에게 루벤을 넘길 예정이기 때문이지만.

바라고는 있다.

* * *

─범인을 알았어.

어젯밤의 일이다. 늦은 밤, 불침번을 서던 중 두단으로부터 지금 통화가 필요하다는 연락이 왔다. 나는 호텔방 안에 놔둔 내 장난감 병정의 시야로 마디나와 루벤 둘 모두 푹 잠든 것을 확인하고는 호텔 밖 거리로 나갔다. 아무리 보안이 잘된 호텔이라고는 하지만 내부 CCTV와 다른 VIP 고객을 노리는 파파라치들이 없으리란 보장이 없기 때문이다.

결국 가장 만만한 것은 으슥한 골목이었다. 그래 봤자 번화가 근처라 그리 어둡지도 행인이 없는 것도 아니기는 했지만 이 정도로 만족해야 했다.

─내통자가 없는 건 아니지만 패밀리 외부에서 주모한 짓이야. 전혀 예상하지도 못한 곳이어서 조금 놀랐군. 어쩐지 아무리 간부들과 머리를 굴리고, 외부 조직의 조인트를 까도 나오지 않는다 싶었어.

"어떤 곳입니까?"

두단은 뜸을 들였다. 늙은 개는 경계심이 크다. 주변에 누가 없는지 한번 둘러보라는 시늉이라도 하라는 눈치였다. 나는 한 번 더 주변 골목을 살펴보는 척을 하고는 다시 스크린에 집중했다.

사건의 범인이 패밀리 외부 세력이라는 이야기에는 조금 놀랐다. 물론 두단 패밀리가 외부에 적이 없는 것은 아니다. 행성 혜론에서 영향력이 지배적이더라도 8우주 규모에서 보면 어쨌든 행성 단위의 세력이니까. 하지만 외부 세력이라면, 패밀리와 동등하거나 그 이상의 규모를 가진 조직이라면 이런 대형 도발을 한 뒤 잠잠할 리도 없다. 오히려 거짓으로라도 자기네들이 이 테러의 주모자임을 선포하고 후원자들을 모으려고 할 정도의 사건이다.

　—우선 칭찬부터 하지. 결과적으로 봤을 때 결혼식장에서 도망친 것은 잘한 일이었어. 사후에 보고하기는 했지만 임기응변치고는 훌륭했어. 네가 마디나와 루벤을 데리고 도망을 치지 않았다면 일이 꽤나 골치 아파졌을 거야.

　"감사합니다."

　—내가 뜸을 들이고 있군. 젠장. 내 입으로 꺼내기 싫은 말이야.

　"어떤 곳입니까? 얼마나 위험한 곳입니까?"

　—고엘 정교회다. 누구도 위험하다고 생각하지 않는 곳이라는 점에서는 어느 곳보다도 위험한 곳이지. 아직 내부의 동조자는 찾지 못했지만 외부 세력은 그곳이 확실해.

　나는 내 귀를 의심했다. 누군가가 성전으로 머리를 내리친 것처럼 멍했다. 두단이 미친 것은 아닌가? 고엘 정교회? 천주님의 말씀을 전하는? 폭탄이 터진 성당에서 그 누구보다도 굳센 믿음으로 신랑과 신부를 축복하던?

　하지만 두단이 미쳤을 리는 없기 때문에 사정을 더 들어보기로 했다. 그때 나는 뒤늦게야 내 놀란 표정을 수습할 수 있었다. 두단도 이 건으로 날 비웃지는 않았다. 너무나도 어처구니없는 정보였으니까.

　—고엘 정교회라고 하니 꽤 많은 것들이 설명이 되더군. 어떤 범죄 조직이라도 나름의 중립지로 여기고 있는 성당을 테러 장소로 삼은 것이나, 그 성당에 내부자나 가능할 정도로 용의주도하게 폭탄을 심어놓은 것이나. 무엇보다도 내 눈과 귀를 총동원해도 나를 적대하는 조직 중에서는 그 낌새를 찾을 수 없었던 것이 그렇지.

　"테러에 뒤따르는 성명 발표가 없었던 이유도 알 것 같습니다. 하지만 고엘 정교회에서 패밀리를 적대하는 이유는 모르겠습니다. 패밀리는 대부분 신도이지 않습니까?"

　—그래. 냉담자나 다름없고 규율도 지키지 않지만 나조차도 무늬만은 신자지. 당연히 교회 총본산에서 주도한 일은 아니야. 고엘 정교회가 컬트 교단인 것도 아니고. 하지만 고엘 정교회 내부에도 여러 분파가 있고 그중에서도 극단적인 놈들은 있어.

　바스락거리는 소리가 나서 주변을 둘러보았다. 골목 근처에 뿌려놓았던 장난감 병정들의 시야도 돌아가며 확인했다. 그저 비닐봉지가 바람에 부딪혀 난 소리였을 뿐이다. 아마 평소라면 듣지도 못하고 흘렸을 정도의 아주 작은 소음이었다. 하지만 두단이 내게 들려준 이야기는 너무나도 위협적인 이야기였다. 오감을 곤두세울 수밖에 없었다.

고엘 정교회라고? 과격파? 상상이 가지 않았다. 그런 분파가 있었다는 이야기는 금시초문이었다. 하지만 설명은 되었다. 아주 많은 것들이 이해되었다.

—아마 놈들이 원한 것은 루벤이겠지. 아이가 죽었으면 범인을 나로 몰고 갔을 거야. 살았으면 인질로 삼은 동시에 나와 관련된 몇 가지 비밀을 폭로한 뒤 후원자를 조직해 패밀리 안에 세력을 키울 생각이었을 거고. 고엘 정교회라는 타이틀을 앞세우진 않았겠지. 하지만 교단 내부의 협력자와 패밀리 내부의 협력자를 만들면, 글쎄다. 제법 사업은 될 것 같지 않나?

물론이다. 밀수, 자금 세탁, 조직화, 위장 신분, 금융 사기 등 지금도 성황리에 이루어지고 있는 수많은 범죄가 고엘 정교회와 엮이면 행성 하나의 수준이 아닌 8우주 전역을 휩쓸 수 있게 성장할 테니까.

—어쨌든 루벤이나 너한테 일이 터지기 전에 진상을 알게 되어서 다행이야. 얼마 전까지는 패밀리 내부에 적이 있을지 몰라서 루벤을 내버려뒀지만 이젠 그럴 필요야 없겠지. 아직 패밀리의 배신자가 누구인지 특정은 못 했지만 동조자가 확실히 아닌 놈들은 추릴 수 있어. 곧 루벤을 배웅 나갈 부하의 자료를 보내지.

"……알겠습니다. 그러면 저는 돌아가서 도련님의 짐을 정리하겠습니다."

─아니. 아직은 아니야.

두단은 손을 들어 멈추라는 메시지를 보냈다. 그것이 무슨 의미인지 그때는 몰랐다. 패밀리에는 순간이동을 할 수 있는 큉 능력자가 충분히 있는 것으로 알고 있다. 아니 순간이동뿐인가. 여러 능력을 복합적으로 사용 가능한 하이퍼도 몇이나 있다고 들었다. 두단이 루벤을 데려가기 위해서는 수하에 믿을 만한 큉 두셋을 부르거나 그게 어려우면 간부에게 일을 맡겨도 되었다. 그러기로 결정했다면 5분도 되지 않아서 두단은 루벤을 데려갈 수 있었을 것이다.

하지만 두단은 그러지 않았다. 그답지 않은, 마지막 배려였다.

─루벤과 마디나가 함께 있을 시간을 주도록 하지.

"어느 만큼의 유예입니까?"

─성야제 전야까지. 마지막으로 좋은 시간을 보낼 수 있도록 해줘.

"알겠습니다."

─그것까지 포함해서 자료를 보내지.

이제는 이별을 준비할 시간이다.

21

귀신. 해골. 늑대 인간. 흡혈귀. 좀비. 악마. 온갖 종류의 괴
물 형태를 띤 대형 풍선들이 성야제 전야의 밤하늘을 메우고
있다. 대형 풍선 퍼레이드는 성야제 주간 중 가장 큰 볼거리
다. 거리의 시민들도 몇몇은 그런 괴물 복장을 하고 있다. 한
해의 마무리를 앞두고 이 행진으로 온갖 상서롭지 못한 것들
은 물러나라는 의미를 가진 행성 헤론의 전통문화 중 하나다.
곳곳에서 축제 음악과 폭죽이 터져 나와 바로 옆에 있는 사람
의 목소리도 잘 들리지 않는다.

루벤은 이 축제에 넋을 잃을 정도로 신이 난 모양이다. 이
또래의 아이라면 아직 괴물이 무서울 나이다. 그리고 괴물은
두려운 만큼이나 매혹적이기 마련이다. 은밀하고 무섭고 위

험한. 축제의 목적이 목적인지라 성야제 전야의 대형 풍선들은 어른인 나의 눈으로 보아도 기괴하고 섬찟하다. 나는 루벤이 이 광경을 더 잘 볼 수 있도록 주변 사람들이 우리 주변을 피하도록, 어디까지나 무의식적인 선에서만 그리하도록 조종했다.

퍼레이드가 진행 중인 도로 양변에는 행진이 마무리됨과 동시에 그 순간만을 기다리던 노점상들이 줄줄이 문을 열 예정이다. 그리고 자정이 되는 순간 무수한 연등을 하늘에 띄워 한 해 동안 죽은 이들의 넋을 위로하고 새해의 복을 기원할 것이다.

루벤이 마디나와 함께할 수 있는 시간은 그때까지다. 축제가 마무리되고 혼잡한 인파 사이에서 다음 숙소를 향해 이동하는 순간 단 패밀리의 쿵들이 일제히 나를 덮칠 계획이다. 어디까지나 두단이 마디나를 배려해 설정한 연극이다.

"꼬마야. 악마 뿔 머리띠 사줄까? 끼고 다닐래?"

"진짜? 엄마…… 괜찮아요?"

퍼레이드에는 잡상인도 모여들기 마련. 빼곡한 인파에도 잡상인이 온갖 종류의 싸구려 장난감과 기념품을 양손에 들고서 장사를 하는 모습에 루벤은 또 정신이 쏙 팔린 모양이었다. 평소 마디나가 자질구레한 물건들은 사주지 않았기 때문인지 축제 분위기에 들뜬 것인지 루벤은 평소보다 더 간절한 표정으로 마디나에게 허락을 구했다.

"선생님한테 감사합니다, 라고 해."

"응!"

나는 조금 멀리 떨어져 있던 잡상인을 큄 능력으로 조종했다. 고개를 돌려 우리를 보도록. 그러고는 지갑을 들어 보이자 내가 자신을 조종했다고는 상상도 하지 못하고 반갑게 이쪽으로 달려와 흥정을 붙인다. 이렇게 인파와 소음으로 정신없는 곳이라면 누군가의 조종도 무의식으로만 느끼기 쉽다.

나는 군말 없이 잡상인이 부르는 값에 응했다. 이제 곧 루벤과 마디나는 평생 만날 수 없게 될 것이다. 일 분 일 초가 아쉬운 마당에 쓸데없는 시간 낭비는 하고 싶지 않았다.

"선생님, 감사합니다."

"이럴 때만 선생님이지? 아저씨가 아니라."

루벤은 들켰다는 듯 혀를 내밀고는 슬쩍 웃는다. 얄미운 꼬마 같으니. 나는 어느새 악마 뿔 머리띠를 한 루벤의 머리카락이 헝클어지도록 쓰다듬어주었다. 녀석아. 이 정도는 이별 인사로 받아라.

슬슬 퍼레이드 행렬에 끝이 보인다. 곧 대형 풍선들이 메운 자리를 노점상들이 차지할 것이다. 연등을 날릴 시간이다. 길었던 성야제 주간의 끝이 마침내 다가왔다.

* * *

"불에 데지 않도록 조심해."

"나도 그 정도는 알아."

퍼레이드가 끝나자 곧 도시는 어둠에 잠긴다. 하늘을 나는 연등의 불빛이 더 잘 보이도록 대부분의 조명을 끄기 때문이다. 광해(鑛害)로 가려졌던 8우주의 별빛들을 도시에서 볼 수 있는 유일한 순간이다. 하지만 어둡지는 않다. 맑은 하늘에 8우주의 은하수가 펼쳐졌으니까.

사라진 것은 도시의 광해만이 아니다. 방금까지의 시끄러운 축제 음악도, 잡상인이나 노점상의 고함 소리도 지금 이 순간만큼은 들리지 않는다. 도시는 밤바다에 잠긴 것처럼 어둡고 조용하다.

연등놀이는 애도의 의식이기도 하다. 행성 헤론의 사람들은 모두 경건한 마음으로 연등에 불을 붙이고 있다. 조금 전까지는 고함을 질러도 겨우 들릴까 말까 했지만 지금은 속삭이듯 말하더라도 대화에 어려움이 없다.

대형 풍선과 광대 그리고 악단이 행진하던 대로는 이제 연등을 들고 있는 사람들로 가득하다. 행진을 하는 무리도, 가만히 서서 담소를 나누는 무리도 모두 손에는 연등을 들고 있다. 마음이 급해 실수를 저지르는 경우만 아니면 연등은 12시, 성야제의 종이 울리는 순간 날려 보내는 것이 전통이다.

"아직?"

"아직."

루벤의 입에서 하얀 입김이 뿜어져 나온다. 마디나는 그저 말없이 나와 루벤의 모습을 지켜볼 뿐이다. 마디나도 아마 알고 있을 것이다. 이 도피에는 곧 끝이 온다는 사실을 말이다. 내가 배신을 하거나 하지 않거나의 문제가 아니다. 두단으로부터 등을 돌린 그 즉시 언제라도 막이 내릴 희극이었다.

행성 헤론은 종교의 자유가 허락되는 곳이기는 하지만 고엘 정교회의 문화가 강하다. 그리고 고엘 정교회는 천주님의 말씀이 곧 만물유전하는 별의 움직임으로 나타난다고 믿는다. 연등을 하늘로 올려 보내는 것은 천주님에게 기도를 바친다는 의미. 동시에 수백 수천의 사람들이 띄워 올린 연등의 흐름은 대기의 움직임을 육안으로 확인할 수 있게 한다. 별의 움직임은 천주님의 뜻. 그러니 그 흐름을 직접 느끼도록 연등을 하늘로 올리는 것이다.

우웅—

우웅—

우웅—

종이 울린다. 정각을, 성야제의 하루가 시작되었음을 알리는 종소리가 들리자 곳곳에서 탄성과 함께 연등을 띄운다. 사람들 손을 벗어난 연등은 그들의 소망을 싣고 중력을 넘어 하늘로, 천주님에게로 넘실넘실 날아간다. 마치 빛으로 이루어진 강처럼 보인다.

"예쁘다……."

연등으로 이루어진 강줄기는 은하수를 따르기도 벗어나기도 하며 어딘지 모를 곳을 향해 흐른다. 육안으로는 확인할 수 없을 정도로 멀고 높은 곳으로 다다른 뒤 연료가 다하거나 바람에 의해 불이 꺼지면 그 흐름은 다시 육지로 돌아올 것이다.

밤하늘의 별빛이 일정하지 않고 반짝거리는 이유는 대기권까지 층층이 쌓인 바람의 움직임 때문이라고 한다. 이렇게 모든 사람들이 한순간, 좁은 건물의 인공조명이 아닌 별빛을 바라보는 순간을 맞이하는 일은 살겁으로 얼룩진 행성 헤론에서의 삶을 잠시나마 잊게 해준다.

고개를 돌려 하늘이 아닌 땅을 본다. 마디나와 루벤의 행복한 얼굴을 본다. 이제 곧 끝날 두 사람의 관계에서 나는 죄책감과 함께 매혹을 느낀다. 어서 빨리 끝이 나 나의 갈등을 잊어버리고 싶다는 조바심과 함께 모든 것을 포기했다고 여겼던 내 삶에 주어진 잠깐의 안식을 소중하게 간직하고 싶다는 간절함이 뒤섞인다. 이것 역시 나의 비겁함이다. 차라리. 차라리 이대로 시간이 멈추었으면.

하지만 이런 기도는 덧없다. 눈앞이 뿌옇게 변한다. 눈물 때문이 아니다. 커다란 거품이나 풍선과도 같은 얇은 막에 감싸여 하늘로 붕 떠올랐기 때문이다. 나와 루벤 그리고 마디나 모두. 주변의 행인들이 이 상황을 눈치채기도 전에 우리 셋은 연등놀이가 진행되는 대로에서 근처 건물 옥상으로 옮겨졌으니까.

"야고보? 뭐죠? 어떻게 된 거죠?"

"단 패밀리……?"

"정답이다, 이 샛서방아."

우리 셋을 모종의 퀑 기술에 가두고는 마천루로 끌고 온 일당은 다행히도 입이 싸다. 하긴 굳이 직접 말하지 않더라도 저들의 옷차림과 검지에 끼워진 반지만 봐도 그 정체는 간단히 알 수 있다. 패밀리의 청소부.

눈앞에 서 있는 단 패밀리의 퀑은 셋. 저 금발의 여자는 이 정체불명의 막을 씌운 퀑이고 흑발의 남자는 대로에서 옥상으로 순간이동을 한 퀑이다. 마지막 한 녀석은 가면을 쓰고 후드를 뒤집어쓰고 있어 어떤 기술을 쓰는지, 어떤 종족인지 불

190

분명하다.

　나는 어떻게든 이 상황을 벗어나기 위해 저들을 조종하려 했지만 내 기술은 전혀 먹혀들지 않는다. 아마도 이 반투명한 막이 나의 능력을 차단하는 것 같았다.

　"도련님부터 재워. 앞으로 일어날 일 보지 못하시게."

　"그냥 제가 바로 모시고 가면 되지 않나요?"

　"멍청아, 네가 갔다가 돌아오는 사이에 우리한테 무슨 일이라도 생기면 어쩌려고?"

　금발의 여자가 손짓을 해 루벤을 둘러싼 막을 터뜨리자 흑발 남자는 루벤을 받아 안고는 약물을 주사했다. 루벤은 소리를 지르고 발버둥 치려 애쓰지만 건장한 성인의 손아귀 힘에 입도 벌리지 못하고 몸도 움직이지 못한 채 그대로 잠에 빠지고 만다. 잘된 일이다. 금발 여자가 말한 것처럼 나는 두단의 의중을 거슬렀을 때의 본보기로 이런저런 고생을 할 예정이니까.

　"안 돼! 루벤! 루벤! 야고보, 야고보! 루벤!"

　나는 패닉에 빠진 마디나와 달리 조용히 좌절한다. 지금 이 시간과 장소 그리고 모여 있는 퀑들 모두 어제 두단이 알려준 것과는 다르다. 예정된 계획대로 일이 돌아가지 않는 이유가 있다면 단 하나다. 연극은 끝났다. 두단은 오늘 나를 죽일 생각이다.

22

숨이 멎을 것 같다. 이 정체 모를 반투명한 거품 안에 갇혔기 때문인지 아니면 다가온 죽음 때문인지는 구분이 가지 않는다. 아마 둘 다겠지. 이제껏 제법 사람을 죽여왔음에도 이 순간 이런 느낌이라는 것은 피상적으로만 다가왔었는데. 그들도 내가 지금 느끼는 이 노곤한 추락을 맛보았던 것일까. 금발 여성과 그 무리는 나와 마디나를 가둔 거품을 유지하면서 천천히 우리에게 다가왔다.

"선배. 버블은 풀면 안 됩니다."

"알아. 이 녀석 능력이 제법 성가시다며? 보는 대로 다 조종한다니. 진짜 편리하다. 너희들만으로는 무리긴 해. 회장님이 왜 나를 부르셨는지 알겠어."

이 능력, 버블이라고 부르나? 정말이지 상관없는 일에만 신경이 쓰인다. 지금 신경을 써야 할 것은 그런 이름이 아닌데도. 엉겁결에, 그것도 성야제 전야의 연등놀이가 한창 진행 중인 와중에 기습을 당해 이런 옥상으로 끌려와서인지. 아니면 죽음의 공포 때문인지. 내 현실감각은 밤하늘을 수놓고 있는 연등처럼 도통 땅에 발을 붙이지를 못한다. 실제로도 버블에 갇혀 공중에 둥둥 떠 있기도 하고.

금발 여성은 큉 능력을 차단하는 거품 감옥을 사용하는 능력자. 흑발 남성은 순간이동을 사용하는 능력자. 그리고 저 가면과 후드를 뒤집어쓴 정체 모를 녀석은 능력 불명. 아마 정석대로의 조합이라면 공격 계통의 큉일 것이다. 나 하나를 잡기 위해서 이만큼의 큉을 보냈다면 두단이 나를 예상 이상으로 높게 평가하고 있었나 보다.

"어…… 그러면 이 녀석을 처리하는 건 뒤로 미루자. 내 버블은 내부 외부 가리지 않고 충격을 차단하니까. 괜히 풀었다가 너라도 인질로 잡히면…… 좋은데?"

"선배……!"

"농담이야. 나를 조종하면 큰일이니까 버블은 이대로 둘 거라고."

금발 여성이 흑발 남성의 어깨를 툭툭 친다. 가벼운 분위기다. 조금 전까지는 혹시나 두단이 마디나를 완벽하게 속이기 위해 나도 속이고자 일러준 계획과는 다른 계획을 짠 것이 아닐까 기도하긴 했지만 이들의 태도를 보아서는 그렇지 않을 것이 확실해졌다. 그랬다면 보다 연극 투에 비장미를 더했겠지.

방금 저들의 대화에서 중요한 포인트가 하나 있다. 내 처리는 뒤로 미룬다……라. 그 이야기는 먼저 해결할 일이 있다는 말일 것이다. 그리고 그 해결할 일은 아마 높은 확률로.

"사모님. 회장님께서 사모님께 전하라고 하신 말씀이 있습니다."

마디나에 대한 일일 것이다.

* * *

"두단은…… 그 자식은 뭘 어쩔 셈이야? 날 죽이려고? 그렇게 죽자고 매달렸던 날?"

"도련님을 납치한 분이기도 하시죠."

"내가? 루벤을? 아니, 나는 그 짐승으로부터 루벤을 보호한 거야!"

"그렇게 말씀하셔도……."

금발 여성은 노골적으로 성가시다는 표정이다. 그나마 다행인 점은 이들이 마디나에게는 아직 존중하는 모습을 보이고 있다는 것이다. 죽는 사람은 나 하나다. 아니, 다행이 아닐 수도 있겠다. 패밀리에게 보복을 당할 때 죽지 않는다는 것은 죽음보다 더 불행일 때가 있다.

나는 어떻게든 버블 밖으로 능력을 써보려고 했지만 도무지 들질 않는다. 물리적으로 찢고 나가려고 해도 그 탄성이 보통이 아니다. 내 주머니 안에 있는 장난감 병정을 어떻게 활용할 수 없을까도 고민해봤지만 딱히 떠오르는 방법도 없다.

"어쨌든 무슨 생각을 하셨든 이런 청부업자를 고르신 건 좋은 생각이 아니었습니다. 오늘 이 장소를 회장님에게 알린 것부터가 이 녀석이었으니까요. 애초에 배신자고 이중 첩자였습니다."

마디나는 이제 분노하다 못해 어찌할 줄을 모른다. 나를 노려보다가 그만 흘러넘치는 눈물에 고개를 숙이고 만다. 이 사람은 내가 예상했던 것보다 나를 더 믿었다. 아쉬운 일이다. 나는 침묵으로 혐의를 시인한다. 적어도 내가 죽은 뒤에 사실이 밝혀져 원망조차 듣지 못하는 것보다는 이편이 더 나은 결말이다.

"어디 기사도 뽕이라도 맞았는지 샛서방 노릇에 심취해서 사모님을 꼬드겨 도련님을 납치했다고는 하지만 결국 얼마

못 가 겁먹고 회장님께 쪼르르 달려온 겁쟁이란 말이죠. 회장
님께 대항할 만한 인재가 어디 흔하기야 하겠습니까만, 고르
신 패는 아주 꽝이었습니다."

금발 여성은 조곤조곤한 목소리로 나와 마디나를 힐난한
다. 패밀리의 입장에서 보았을 때 두단에 대한 배신은 패밀리
에 대한 배신으로 다가왔을 것이다. 그 배신자가 패밀리라는
조직이 권력을 앞세워 결혼을 강요당한 사람이라는 사실에는
크게 신경 쓰지 않으면서 말이다.

지금 저 지적에서 주목할 점은 몇 가지 디테일이 틀렸다는
것이다. 그리고 이는 두단의 제안이 아직 유효하다는 것을 의
미한다. 나와 두단의 거래 내용은 밝히지 않았다. 나는 죽고
제안은 성사된다. 이미 약조했던 드웨이트에 대한 후원은 이
루어질 것이다.

두단은 법도를 아는 남자다. 하지만 그 법도에서 의뢰를 맡
긴 하청업자가 살아남느냐는 중요한 문제가 아니다. 패밀리
의 법도는 의뢰를 맡긴 하청업자 따위의 생존이 아니라 의뢰
비의 지불 여부에 작용한다. 이미 각오하고 받아들인 일이었
다. 각오하지 않았어도 받아들여야만 했던 일이었고. 드웨이
트를 찾아 다시 행복하게 살 수 있도록 은밀하게 지원하려는
목적만은 달성했다.

"뭐 이 녀석이 사모님을 속였다고 해도 사모님도 이 샛서방을 꼬드기시느라 거짓말을 좀 하셨으니 피장파장이라고 할까요? 너무 그렇게 노려보진 맙시다."

"내가 무슨……!"

"이번이 처음이 아니시잖아요. 납치."

마디나는 다시 고개를 돌려 나를 바라본다. 하지만 조금 전의 실망하고 비난하던 그 눈빛이 아니다. 간절하게 호소하는 눈이다. 폭로가 진실이 아니라고 해명하는 것인지. 아니면 폭로가 진실이어도 속아달라고 기도하는 것인지. 나로서는 알 수가 없다.

"그때는 그랬지만…… 이번에는……."

"저번에 외딴 행성에 도련님을 납치한 것은 사모님이 사주한 양아치들이었죠. 회장님께서 그 사실을 모르셨을 거라고 생각하셨어요?"

"나는, 나는 그때 고의가……."

금발 여성은 깊게 한숨을 쉰다.

"고의가 아니었다고 해서 책임을 면하실 수 있는 것은 아닙니다."

"아니야……!"

"사모님. 사모님이 루벤 도련님을 사랑하시는 것은 저도 압니다. 루벤 도련님은 그럴 가치가 있는 착한 아이죠. 패밀리에서 회장님을 두려워하는 간부들마저도 도련님만큼은 귀엽게 여길 정도잖아요. 하지만 그런 도련님의 목숨을 가장 위협하는 것이 사모님의 독점욕이라는 것을 아직도 모르시겠어요?"

마디나는 목에 핏줄이 보일 정도로 성을 내며 반발하려 한다. 그러나 이 성야제 자정의 격론은 어이없게도 불청객에 의해 중단이 되고 말았다. 아니, 불청객은 오히려 우리일까.

"저기요. 성야제라고 신이 나신 것은 알겠는데 건물 옥상은 관리자 외엔 출입금지…… 어?"

옥상에서 있었던 소란에 건물의 경비원이 무슨 일인가 확인하러 올라온 것이었다. 지긋한 나이의 이 노파는 성야제 야경을 구경하기 위해 누군가가 숨어들었겠거니 막연히 생각하고 있다가 거무튀튀한 옷차림의 일행이 나와 마디나를 퀑 능력으로 구속하고 있는 모습을 보자 사시나무 떨듯 몸을 주체하지 못하며 겁을 먹었다.

"어, 어, 경찰…… 경찰……."

"어이쿠…… 야, 사람들이 눈치채지 못할 건물로 가자고 했잖아."

"하지만 선배가 아지트로 갔다간 패밀리 말단들도 이 상황을 알게 되니까 그냥 근처로 하자고도 하셨잖아요."

"그러니 근처의 더 좋은 건물을 찾았어야지, 자식아."

금발 여성은 나와 마디나에게 한 것과 마찬가지로 거품 감옥을 만들어 노파에게 씌웠다. 경비원 일을 맡았다고는 하지만 자잘한 관리만 하면 될 것이라 생각하고 고른 직장일 텐데, 막상 마주친 것은 패밀리의 전속 청소부라니. 저 사람도 참 운이 없다.

금발 여성이든 흑발 남성이든 지금 상황에 딱히 당황하지는 않는다. 저 노파와 같은 건물 경비원 정도야 간단히 치워버릴 속셈일 것이다. 어쨌든 이들은 프로다. 고작 이 정도의 해프닝에 계획을 비틀 정도로 경험이 적지도 않고 어리석지도 않다.

그리고 이번에는 그 현명함이 죽음을 불렀다.

"끅……."

"……고엘."

방금까지는 두려움에 덜덜 떨던 노파는 어느 순간 오른손에 쥐고 있던 나이프로 간단히 자신을 감싼 버블을 찢어버리고 왼손으로는 표창을 던져 흑발 남성의 미간을 꿰뚫었다. 그러고는 나지막이, 고엘 정교회의 기도문을 읊조리기 시작했다.

"내 버블을 찢었다고? 사물 퀑 나이프인가?!"

"크어어어!"

금발 여성이 뒤로 물러나 흑발 남성을 살피는 사이 가면을 쓰고 후드를 뒤집어쓰고 있던 청소부는 재빠르게 걸친 것들을 전부 벗어 던지고는 몸을 부풀려 사자를 방불케 하는 커다란 야수로 변신했다.

청소부의 공격수 포지션에 신체 강화 계열의 킹마저 넣었다니, 두단은 어쩌면 내 능력을 위험하다고 높게 평가한 것이 아니라 저 고엘 정교회의 암살자가 개입할 경우조차 예상한 것일지도 모른다. 하지만 나는 그저 내 예상을 벗어난 이 상황을 묵묵히 바라볼 수밖에 없었다.

23

"……."

"크르르……."

끊임없이 기도문을 중얼거리며 나이프를 휘두르는 고엘 정
교회의 암살자와 짐승처럼 울부짖으며 날카롭게 손톱을 세우
는 패밀리 청소부의 싸움. 내가 그 둘 사이에 낀 먹잇감이 아
니었다면 무척이나 흥미로울 광경이다.

금발 여성은 미간에 표창이 꽂힌 흑발 남성을 땅바닥에 내
려놓는다. 저 정도 깊이로 쇠붙이가 뇌를 파고들었다면 이것
저것 잴 것도 없이 즉사다. 왜 하필 저 암살자는 흑발 남자를
우선해서 노렸을까? 물론 가장 만만하게 보이는 상대이기는
하다. 지금 가장 위협이 되고 있는 저 신체 강화 계열의 퀭은

방금까지 가면을 쓰고 있어 급소를 노리기 어려웠고 금발 여성은 경비원으로 변장한 암살자와 정면으로 마주하고 있었으니까.

하지만 또 하나의 가능성이 있다. 저 흑발 남성이 순간이동의 능력을 가진 퀑이라는 것을 이미 숙지하고 있었다는, 이미 나를 처리하고 마디나에게 경고를 한 뒤 루벤을 두단의 품으로 보내려는 이 패밀리 청소부들의 능력을 하나하나 인지하고 있었다는 가능성 말이다.

낮은 확률은 아니다. 당장 이 상황에서 벗어날 수 있는 순간이동 능력의 퀑은 손도 쓰지 못하고 즉사를 했으니까. 저 암살자가 방금 자신을 가두고 있던 버블을 찢는 데 사용한 나이프는 금발 여성이 제대로 봤다면 사물 퀑 나이프다. 만반의 준비다.

"이봐. 너. 이름은?"

"뭐. 지금 바쁘니까 샛서방은 닥치고 있어."

금발 여성은 내 쪽으로는 고개도 돌아보지 않는다. 그저 긴장한 기색이 만연한 채로 암살자와 맹수의 싸움을 지켜볼 뿐이다. 다시 한번 버블을 고엘 정교회의 암살자에게 씌우고 싶겠지만 사물 퀑 나이프가 저 손에 쥐인 이상 그 방법은 무리다. 만약 능력을 사용한다면 맹수가 암살자의 손에서 나이프를 뺏는 그 순간일 것이고, 그 순간을 놓치지 않기 위해서라도 당장 능력을 마구 남발하지는 못한다.

하지만 그 순간은 쉽게 오지 않을 것 같았다. 암살자는 방금까지 쭈글쭈글한 피부에 등이 다 굽었던 노파로만 보였다는 것이 믿기지 않을 정도로 날렵하고 정확하게 맹수의 공격을 피하며 사물 큉 나이프를 근육과 뼈의 틈새에 정확하게 찔러 넣는다. 당장 눈으로는 확인할 수 없지만 또 다른 능력을 가진 큉일지도 모른다.

"거래를 하자."

"닥치고 있으랬지. 야고보!"

"마다나. 지금은 루벤과 당신 모두가 살 수 있는 방법을 찾아야 합니다. 암살자의 노림수가 무엇인지는 몰라도 당신 목숨은 신경 쓰지 않을 가능성이 높습니다. 아닙니까? 저자가 루벤과 당신을 안전하게 지켜줄 것이라는 보장이 있습니까?"

"글쎄요. 내가 고용했던 한 남자는 이미 오래전부터 나를 배신해서 모르겠네요."

"마다나."

"……좋을 대로 하시죠."

"들었지? 어이, 거래를 하자. 너나 저 맹수 친구의 능력으로는 암살자를 당해낼 수 없을지도 몰라. 하지만 나는 달라. 나는 사지가 달린 인간 형태의 물체라면 무엇이든 물리적으로 구속할 수 있다."

금발 여성은 망설인다. 확실히 이들도 예상하지 못한 상황일 것이다. 그리고 지금의 이 구도는 제법 재미나다. 패밀리는 나를 이긴다. 암살자는 패밀리를 이긴다. 나는 암살자를 이긴다. 완전히 가위바위보 상성의 삼파전이다. 그러니 나로서는 어떻게든 이 상황에 개입하고 거래를 제시해 성사시켜야만 한다.

그리고 전세는 확실히 청소부들에게 불리하게 굴러가고 있다. 분명한 체급 차에도 불구하고 경비원 차림의 암살자는 맹수로 변한 청소부를 손쉽게 요리하고 있었다. 아마 저 청소부 큉은 신체를 강화하면서 어지간한 데미지는 튕겨내는 전법을 사용했던 것으로 보인다. 그러나 저 사물 큉 나이프가 그 전법을 완전히 무력화하고 팀의 수비수가 사용하는 방어막도 막힌 상황이니 속수무책으로 당할 수밖에.

"……그냥 버블이라고 불러. 별명이야. 거래조건은?"

"협력해서 저 암살자를 무력화시키겠다. 그다음에 마다나는 놓아줘. 이 사람만은 살려줘. 루벤만 데려가. 두단도 루벤이 되돌아오고 내가 죽으면 그 정도로 만족할 거야. 너희들에게 가장 위험한 상황은 너희들도 다 죽고 루벤도 빼앗기는 것

아냐?"

금발 여성, 버블은 다시 고심한다. 아마 버블의 동료와 암살자의 싸움이 어떻게 진행되느냐에 따라 거래의 내용은 결정이 날 것이다. 나는 그사이 이 거래에 만족하지 못하는 한 명을 설득해야 한다.

"어떻게, 어떻게 날 빼고 그런 거래를 정할 수 있죠? 루벤을 두단에게 보낼 순 없어요!"

"마디나. 여기서는 기회라고 생각해야 합니다. 저 암살자가 루벤을 데려갔다간 루벤의 목숨을 담보할 수 없습니다. 하지만 거래가 성사되면 루벤과 당신 둘의 안전은 확보할 수 있습니다."

"안 돼요, 그러지 마요!"

"더 이상 거짓말은 하지 않겠습니다. 제가 두단의 제안을 받은 것은 사실입니다. 그래서 당신에게 접근한 것도 맞습니다. 그리고 당신과 루벤을 경호한 성야제 주간의 며칠은 제가 감히 받아서는 안 될 고결한 선물처럼 행복한 나날이었습니다. 부디…… 부디 제가 당신도 지킬 수 있도록 부탁드립니다."

"야고보."

마디나. 동백꽃처럼. 언제고 그 목이 눈밭 위로 떨어질까 위태로운.

"두단은 제가 잃어버렸던 형을 찾아내 안정된 삶을 주겠다고 약속했습니다. 만약 당신이 무사히 돌아간다면 제 형, 드웨이트가 잘 살아 있는지 살펴봐주십시오. 부탁드립니다."

"유언인가요?"

"그렇습니다. 저는 형을 배신해 형의 아내를 장난삼아 취했고…… 우발적인 사건으로 그녀가 죽게 되었을 때…… 숨이 끊어져가는 그녀의 몸을 조종해 진실을 숨겼습니다. 그리고 그 대가로 형은…… 형은 마음이 부서지고 말았습니다. 비록 제가 영원히 형을 다시 볼 면목이 없더라도 그 죄를 갚지 않으면 안 됩니다."

"당신은…… 지금도 그렇지만 예나 제나 참으로 오만한 사람이군요."

그 순간, 눈앞의 반투명한 막이 풀린다. 암살자는 눈 깜짝할 사이에 비수를 맹수의 허벅지로 쑤셔 박았다. 맹수는 그 체격과 능력상 아마 당장 죽지는 않을 것이다. 그렇더라도 지금의 공방을 오래도록 유지하긴 어려운 상황일 테고. 시간이 없다.

"마디나도 풀어줘. 지금 당장!"

"아니, 거래였지? 나에게도 패가 필요해. 어서 저 광신도 암살자를 붙잡아."

버블은 상의 안쪽의 홀스터에서 권총을 꺼내 마디나를 겨눈다. 어리석은 짓이다. 나는 곧장 내 능력을 이용해 버블이 직전까지 마디나를 겨누던 총구가 스스로를 향하도록 조종했다.

"다시 한번 그 거품으로 날 감쌀 생각만 해봐. 총구에서 불이 뿜어져 나올 테니까. 내 말을 듣지 않아도 마찬가지고. 그러니까 마디나를 묶은 거품도 당장 풀어!"

"좋아…… 알았어."

마디나가 풀려나자 나는 곧장 버블에게서 권총을 빼앗았다. 잠금장치도 풀려 있고 지문 등록도 필요하지 않은 총이다. 나는 안심하고 마디나에게 총을 건넸다.

"이 사람은 어디까지나 거래 대상입니다. 이 정도의 퀑이라면 두단과의 거래든 또 다른 외부 세력과의 거래든 패가 될 겁니다. 죽이면 안 됩니다. 하지만 제가 저 암살자를 상대하는 사이 허튼짓을 하려고 하면, 어떻게 하셔야 할지는…… 이미 아실 겁니다."

"이 사람을 쏘고 당신도 쏴버리면 되겠군요."

"원하신다면, 좋습니다."

마디나는 아무런 대꾸도 하지 않고 묵묵히 총구를 버블에게 겨눈다. 일단 마디나와 버블의 상황은 일단락이 되었으니 다시 암살자와 맹수의 싸움을 확인했다. 그리고 아쉽게도. 혹은 다행스럽게도 내가 싸움에 참가하려는 그 시점은 이미 암살자가 맹수로 변한 청소부의 목을 나이프로 그은 뒤였다. 실랑이가 너무 길었던 탓이다.

나는 암살자를 향해 손을 뻗었다. 그리고 그의 움직임을 느끼기 위해 정신을 집중했다. 노인의 숨결마저도 내 손아귀에 들어오도록. 암살자의 몸이 굳는 것이 느껴진다. 사투는 간단히 멈춘다. 다음으로는 흑발 남자와 맹수의 시체도 조종해 내가 있는 쪽으로 걸어오도록 만들었다. 산 자는 멈추고 죽은 자는 움직인다. 그게 내가 하는 일이다.

흑발 남자가 옷 안에 감추어놓았던 권총을 빼 들었다. 이 총도 지문 등록이 필요하지 않다. 원래 청소부들이 쓰는 화기는 대부분 이렇다. 지문 등록 자체가 총의 소유주를 특정하는데, 총의 소유주가 특정되어서는 범죄자 생활을 하기 어려우니까. 나는 총구로 암살자를 겨눈 다음 뒤로 돌아서 버블과의 흥정을 시작했다.

"좋아, 버블. 이 문제는 해결되었는데 어떻게 하길 원하지? 너희 아지트로 끌고 가 기억을 읽든 고문을 하든 정보를 빼낼 건가? 아니면 그저 시체만을 필요로 하나?"

"저 나이프부터 치워. 우선 구속한 다음에 윗분들에게 여쭤봐야 하니까."

"야고보, 뒤!"

마디나의 외침과 함께, 나는 내 장악력의 일부가 정지했음을 감지했다. 당황함과 동시에 뒤를 돌아보니, 과연. 고엘 정교회의 암살자가 패밀리의 청소부들만 대비했을 리는 없었다. 첫째가는 목표는 위험도와 무관하게 루벤을 데리고 있는 나였을 테니까.

암살자는 전신을 액체로 바꾸어 커다란 웅덩이가 되었다. 그리고 나는 인간의 형태가 아니라면 조종할 수가 없다. 저 암살자는, 정말 준비가 많이 된 암살자였다.

24

웅덩이로 변했던 암살자는 다시 인간 형태의 몸으로 돌아왔다. 날렵하게 나이프를 휘둘러 적의 목덜미를 베는 암살자라고는 짐작하기 힘든 노인의 모습. 끊임없이 기도문을 중얼거리며 휘청대는 그 몸놀림에는 광신도들 특유의 섬뜩함이 있다.

당장이라도 루벤과 마디나를 피신시켜야 할 텐데 상황이 여의치 않다. 사방이 낭떠러지나 다름없는 고층 빌딩의 옥상에 유일한 출입구는 저 암살자가 단단히 지키고 있었으니까. 나는 천천히 청소부 둘의 시체를 움직여서 진형을 세웠다. 암살자가 다른 능력을 더 감추고 있는 하이퍼 퀑이 아니라면 이 밤의 싸움은 피지컬의 영역에서 승패가 갈릴 것이다.

암살자의 능력인 액체화는 공방 일체의 기술이다. 공격에 있어서는 액체와 고체 양면을 정신없이 번갈아 전환하면서 트리키한 움직임을 살리고 방어에 있어서는 대부분의 데미지를 무효화시킨다.

우선의 전략은 이렇다. 어쨌든 완전히 액체로 변한 상태에서는 공격이 불가능하다. 그러니 공격할 타이밍을 노려 최대한 데미지를 누적시키고, 액체 웅덩이로 변한 사이에 마다나와 루벤이 도망칠 시간을 버는 것이다. 이 정도라면. 이 정도라면 마리오네트의 능력으로도 어떻게든 걸어볼 만한 도박이다.

방금과 달리 지금은 1대 3의 싸움이기도 하다. 그럼에도 이 수적 우세가 승부의 변수로 충분한지는 아직 확실하지 않다. 근접 격투에 숙련된 암살자와 앞뒤를 가리지 않는 시체 둘 그리고 싸움에는 초짜인 나 셋의 싸움이라.

"마다나. 어떻게든 기회를 만들겠습니다. 싸우면서 입구까지 갈 기회를 만들어볼 겁니다. 만약 제가 성공하면 바로 루벤을 데리고 뛰셔야 합니다. 청소부도, 암살자도 제가 어떻게든 해보겠습니다."

"나한테 명령하지 마세요. 당신의 멍청한 계획은 당신 머릿속으로만 생각하고요."

"마다나……!"

"도망은 치지 않아요. 그리고 자꾸 헛소리를 하면 당신 머리부터 쏠 테니까 닥쳐요."

나는 속이 탄다는 듯 미간을 찌푸렸다. 상관없다. 오히려 암살자가 내 계획이 좌절되었다고 생각하게 만드는 편이 유리하다. 만약 내가 암살자를 멈추는 데 성공하면 그 즉시 내 능력으로 마디나와 루벤의 몸을 조종해서 출입구로 달리게 하면 그만이니까.

우선은 견제를 목적으로 흑발 남성부터 움직여 암살자를 향해 뛰어들도록 했다. 아크로바틱한 움직임을 줄 것도 없다. 그저 일시적으로 발을 묶을 수만 있다면 성공이다.

쉭.

쉭쉭.

쉭.

내 계산은 너무나 물렀다. 목을 한 번, 휘감아오는 어깨와 손목을 각각 한 번, 마지막으로 발목을 한 번. 암살자가 춤을 추는 것처럼 빙글빙글 돌며 나이프를 휘두르자 어처구니없을 정도로 간단히 나의 인형은 그 부위를 다 잃고 말았다.

결국 내게 남은 패는 맹수의 시체, 하나다. 아무래도 방금까지 맹수가 나이프를 견딜 수 있었던 것은 그의 육체가 비할 데 없이 단단한 덕분이었으리라. 암살자의 실력도 실력이지만 저 나이프의 예리함도 보통이 아니다.

그렇다면 이 상황에서 저 암살자가 노릴 타깃은 하나다. 인형이 아닌 인형사. 단단한 인간 방패를 굳이 해체한 후 그 뒤에 숨은 나를 끄집어낼 것 없이, 바로 나부터 노리고 빠른 속도로 뛰어든다.

나는 내 능력으로 암살자를 멈추려고 하지만 당연히도 암살자는 몸의 관절 부위를 액체로 바꾸어 나의 컨트롤을 벗어난다. 순식간에 간격을 좁힌 암살자는 내 목덜미를 노려 나이프를 휘두른다.

쉭.

바람을 가르는 소리가 난다. 내 목은? 붙어 있다. 하지만 충격이 목덜미부터 척추까지 덜덜 떨릴 정도로 느껴진다.

어쨌든 공격을 하려면 나이프를 손에 쥐고 있어야 한다. 그리고 액체화된 손으로는 나이프를 쥘 수 없다. 결국 손만큼은 계속해서 실체로 남아 있어야 하고, 실체화된 손이라면 내 장난감이나 다름없다.

내 능력으로 나이프 쥔 손을 펴 칼을 떨어뜨리도록 만들었지만 그 손은 수도(手刀)로써 내 목을 직격했다. 컥 소리가 날 정도의 고통이었지만 이 기회를 놓쳐서는 안 된다.

"윽…… 잡아!"

나는 발로 나이프를 걷어차 내 뒤쪽으로 밀어버리는 동시에 맹수를 조작해 암살자를 뒤에서 붙잡도록 명령했다. 맹수는 그대로 암살자를 품 안에 안았지만 암살자는 계속해서 기도를 중얼거리며 표창을 던졌다. 푹, 푹 하고 오른쪽 어깨와 허리에 이물질이 박히는 것이 느껴진다. 급히 던졌음에도 이 정도 명중률이라니.

다행히 허리에 박힌 표창은 내장까지 닿지는 않았지만 오른쪽 어깨의 상태는 조금 심각하다. 손이 들리질 않는다. 맹수의 조종에도 딜레이가 생겨, 표창을 던지고 무방비 상태였던 암살자를 겨우 묶어두었던 맹수의 구속력이 떨어지고 말았다.

암살자는 맹수의 품에서 뛰쳐나오는 그대로 나를 덮쳐 눕혔다. 그러고는 박치기. 박치기. 박치기. 끊임없이 이마로 내 얼굴을 찍어댄다. 정신이 혼미해져 컨트롤을 잠시 놓친 사이, 암살자는 이제 주먹을 휘두른다.

그 주먹이 노리는 곳은 내 얼굴도 배도 아니다. 내 얼굴 옆, 옥상의 바닥을 허무히 내리칠 뿐. 하지만 그 힘이 어찌나 강한지 바닥이 부서져 돌 파편이 튈 정도다. 암살자가 계속해서 관절을 액체로 바꾸었다 원래대로 돌리기를 반복하며 내 조종을 피하려고 한다. 하지만 나는 어떻게든 공격이 빗나갈 정도만큼만 마리오네트의 능력을 살려내 겨우 목숨을 지켜내고 있었다.

　하지만 암살자는 간단히 전략을 바꿈으로써 내 조작을 피한다. 부서진 포석을 머리끝까지 들어 올림으로써 말이다. 그래. 이렇게 하면 내가 능력으로 돌을 놓치게 하더라도 내 얼굴에 직격하겠지.

　나는 어떻게든 놓치지 않고 있었던 권총을 들어 암살자의 미간을 겨눈다. 암살자는 웃는다. 그래. 액체화 능력인 퀑에게 권총을 겨누는 것만큼이나 우스꽝스러운 꼴도 없겠지. 나도 암살자에게 웃어 보인다. 웃읍시다. 웃고 삽시다. 8우주를 사는 건전한 우주 시민답게.

　탕.

　성야제 자정의 밤하늘에 총성이 울려 퍼진다. 그저 성급한 누군가의 불꽃놀이라고 착각하길 바랄 뿐이다. 암살자는 여전히 웃는 얼굴로 액체화하여 총탄을 피했지만, 곧 그 얼굴이 굳는다.

　내가 노린 것은 암살자의 이마가 아니었다. 액체화가 된 이마를 꿰뚫긴 했지만 내가 진정으로 노린 곳은 암살자의 뒤에 선 맹수의 시체. 정확히 말해 그 맹수의 이마를 총으로 꿰뚫어, 머리통을 터뜨려 피와 뇌수의 폭포를 쏟아내 액체화된 암살자의 생체 정보를 엉망으로 엉클어놓는 것이었다.

나의 능력은 인간을 인형처럼 조작하는 것이고, 그 조작의 범위는 외견만이 아니라 내면, 내장까지도 아우른다. 나는 어떻게든 이미 굳어버린 맹수의 심장을 쥐어짜 더욱더 많은 피가 뿜어져 나오기를 유도한다. 그리고 그 피는 액체화 상태에서 다른 사람의 피와 살점이 고스란히 섞여버려 혼란에 빠진 암살자에게 재차 쏟아진다.

암살자와 나는 피와 뇌수 그리고 살점으로 범벅이 된 채 바닥을 굴렀다. 암살자는 무심코 액체 상태로 변했다가 이물질들이 뒤섞인 바람에 쉽사리 원상태로 돌아오지를 못한다. 그래, 이것이 액체화 퀸의 약점이지. 나는 천천히 손을 내려 암살자의 심장을 향해 총구를 겨눈다. 대단한 능력의 퀸이었다. 아마 제대로 된 일대일 대결이었다면 심장에 총구를 겨눈 사람은 내가 아니었을 것이다. 하지만 그것은 어디까지나 만약의 이야기. 나는 방아쇠를 당겼다.

* * *

"거래를…… 계속하지."

숨을 돌릴 시간이 없다. 아직 처리해야만 하는 일이 하나 남았으니까. 나는 피범벅이 된 채로 버블에게 말을 걸었다. 버블은 질린 표정을 하고서는 나를 바라본다.

당장의 상황으로만 계산하면 내가 유리하다. 능력의 상성 면에서는 버블이 나를 압도하지만 마디나와 내가 버블을 향해 총구를 겨누고 있으니까. 지금 이 자리에서 나와 마디나를 잡으러 온 이 청소부를 되레 청소하고 도망치는 것은 전혀 어려운 선택지가 아니다.

하지만 계산해야 할 것은 바로 현재의 문제만이 아니라 이후의 전개가 어떻게 흘러갈 것인지에 대해서다.

"조건은?"

"아까 말한 것과 같이. 루벤을 데려가고, 내 목숨을 가져가라. 마디나는 놓아줘. 또 다른 청소부를 보내지도 말고."

"내가 회장님과 네놈의 거래를 중개할 수 있을 정도로 보이나?"

"그럴 필요는 없어. 그냥 이 자리에서 마디나가 도망치는 것을 눈감아주기만 하면 돼. 나와 함께 처리를 했다고 거짓말을 하라고. 기억 읽기를 당해도 사실처럼 보이게 현장을 꾸며줄 테니 내 목과 그 기억만 갖고 가."

"야고보!"

마디나의 외침. 그래. 한 명 더 설득해야 할 사람이 있었지. 마디나의 총구는 이제 버블을 겨누지 않는다. 독과 폭약을 품

217

은 그 입은 이제 나를 향한다.

"마디나. 이해해주셔야 합니다. 두단이 마음을 먹은 이상 루벤을 되찾기 전까지는 계속해서 청소부를 보낼 겁니다. 한두 번은 운 좋게 제가 이번처럼 막아낼 수 있을지 모르겠습니다만 장기전으로 가면 패밀리를 당할 수 없습니다."

"그런 건 내 알 바가 아니에요! 그리고 당신이 신경 쓸 바도 아니야!"

"내 목숨 하나로 당신의 목숨 하나를 벌 수 있습니다. 둘 모두 살아남을 방도는 없습니다. 버블, 저 청소부도 두단에게 보여줄 실적이 필요하니 말입니다. 그렇다면 죽어야 할 사람은 저입니다. 마디나. 부탁입니다. 청소부와의 관계에서 이만큼이나 유리한 고지를 점할 수 있는 기회는 아마도 이번이 마지막일 겁니다."

총구가 내려간다. 천천히. 아주 천천히. 나는 방금 어미에게 자식과 생이별을 하라고 설득을 했다. 입맛이 쓰다. 청소부와 암살자의 피로 범벅이 된 탓도 있을 것이다. 나는 다시 거래에 집중했다.

"내 제안을 받아들이겠어? 이렇게 수를 쓰는 것이 취향이 아니라면 언제든지 총을 쏴줄 수 있어. 길게 고문을 해서 얻을 이득이 없다는 것은 너나 나 양측에게 다 다행이군."

"선택지가 얼마 없군. 도련님을 모시고 네 목을 든 채 패밀리로 돌아가거나…… 아니면 내 부하들과 함께 죽거나."

"후자를 골라도 상관없어. 너 다음에 올 놈들은 숫자는 많지만 너희보다는 능력이 떨어지겠지. 무엇보다 신용도 떨어질 테고. 거래 대상으로는 오히려 그 편이 나아."

"하지만 나 다음에 올 사람은 널 곱게 죽이지는 않겠지."

"그래. 나로서는 전자가 더 반갑긴 하군. 하지만 후자를 각오하지 않은 바도 아니야."

"좋아. 그러면 오히려 내 쪽에서 제안을 하지. 너는…… 읍?"

버블의 입가에 핏줄기가 흐른다. 가슴팍에서 금속질의 무언가가 살을 비집고 튀어나온다. 익숙한 날붙이다. 방금 전 내가 암살자에게서 빼앗았던 사물 퀑 나이프.

"마디……나?"

한 번. 두 번. 세 번. 버블의 몸을 꿰뚫었던 나이프는 몇 번이고 왕복하며 구멍의 숫자를 늘리기를 반복한다. 그리고 그 나이프를 손에 쥔 사람은 바로. 동백꽃의 여자. 마디나였다.

25

　쓰러진 버블의 가슴팍 위로 피가 번져 나온다. 그 속도에
조금씩 가속도가 붙는다. 버블은 어이없다는 듯 웃는다. 인생
의 마지막 순간이 이렇게 급작스레 찾아올 것이라고는 상상
도 하지 못했을 테니까.

　마디나는 자신이 사람을 죽이고도 놀라지 않았다는 사실에
더 당황한 것 같았다. 벌벌 떨면서도 피로 물든 나이프를 손이
저릴 정도로 꽉 쥐고 있는 모습을 보니 나의 첫 암살이 떠오
른다. 부릅뜬 눈으로는 나를 매섭게 노려본다.

　"마디나……."

　"너…… 어디서, 어디서 감히! 네가 뭔데!"

　"진정하고 제 이야기도 들어주십시오."

"진정? 진정이라고? 내가 진정을 하게 됐어?!"

마디나는 목소리가 갈라지도록 외친다. 숫제 비명이다. 칼 끝이 흔들리기는 하지만 그 끝이 노리는 방향은 분명하다. 바로 나다.

"너, 정말 네 주제를 몰라. 네가 모든 걸 다 안다고 생각하지? 네가 세상에서 가장 잘났다고 생각하지? 자랑스러웠지? 나나 루벤을 데리고 다니면서, 기분도 아주 우쭐했을 거야. 그렇지 않아?"

"마디나."

"기사라도 된 기분이었겠지. 애처로운 부인과 그 자식을 지키는 기사도 흉내라도 내고 싶었을 거야. 하지만 동시에 스파이가 된 스릴도 느꼈겠지? 나를 배신하고, 두단을 따르면서."

"부정하진 않겠습니다."

"그래. 네가 어떻게 이걸 부정해. 네가 진짜로 뭘 하고 있는 것인지는 전혀 모르는 주제에, 감히 나를 지키고 루벤을 지킨다고? 어떻게 그 입으로 그렇게 지껄이는 건데!"

나는 조심스레 양손을 들어 보인다. 최대한 공격적으로 보이지 않기 위해서. 내 능력이면 마디나를 조종해서 무기를 들지 못하게 해 무방비한 상태로 만드는 것도 전혀 어려운 일이 아니다. 하지만 그랬다가는 마디나가 나에 대한 신뢰를 잃는 것을 넘어 최소한의 관계조차 유지할 수 없게 될 것이고, 그 순간 패밀리의 추적자 앞에 무방비하게 놓이게 된다.

우선은 마디나가 마음껏 말하게 두기로 했다. 처음으로 살해의 위협을 받았고 처음으로 살인을 저지른 날이다. 그것도 행성 헤론의 모든 이들이 서로를 축복하고 기뻐하는 성야제에 말이다. 어디까지 무너지든 탓할 수 있는 일이 아니다.

"예전에 형수와 놀아나고 형을 배신했다고? 우습다, 우스워. 죽어가던 형수마저 조종했다고? 당신 그렇게 끔찍한 짓을 저지르고도, 형수한테 미안하다는 말도 하지 않는 게 정말 우습다. 당신 눈에는 당신이 조종할 수 있는 인간 따위는 들어오지도 않는 거겠지. 형수든 나든 루벤이든. 하지만 정말 그랬을까? 네가 네 맘대로 모든 사람을 조종하고 있던 것 맞아?"

"마디나…… 오해입니다. 그건 그저 제가 말을 하지 않았을 뿐이지 저도 당연히 그녀가 안타깝다고 생각을 하고 있습니다."

"아니, 네가 그랬으면 나한테는 그러지 못했지. 나를 지키겠다면서 나를 속이고 그렇게나 위선에 가득 차 나와 내 아들을 갖고, 흑, 으흑, 거래를 하겠다고, 흑, 까불지는, 못했을, 거라고!"

쨍그랑, 하고 금속이 돌바닥에 부딪치는 소리가 난다. 마디나가 나이프를 떨어뜨린 것이다. 마디나는 결국 흐느낌을 참다 못해 오열하고 만다. 동백꽃은 질 때 그 꽃송이째로 땅바닥에 떨어진다. 일생을 품 안에 감춰오던 향기를 안은 그대로.

나는 마디나 앞으로 가 무릎을 꿇었다. 그러고는 어깨를 토닥였다. 긴 하루였다. 지칠 수밖에 없는 사건들의 연속이었다. 힘든 밤이다.

"마디나…… 저는 당신과 루벤을 위해서라면 제 목숨 정도는 아깝지 않습니다. 실제로 제가 방금 거래하는 데 사용한 카드는 저의 목숨이지 않았습니까? 암살자의 목숨 따위는 중요치 않습니다. 비록 당신이 루벤과 만나기 어렵게 될지는 모르겠지만 루벤이 두단에게 돌아가고 제가 죽음으로써 이후로 당신을 쫓는 추적자가 사라진다면 누구나 이득을 봤다고 판단할 만한 거래입니다."

"아니라고…… 했잖아!"

"그렇다면 제가 뭘 어떻게 하면 만족하겠습니까? 의견을 부탁드립니다. 당신과 루벤이 모두 살아남을 수 있는 의견을 말입니다."

"아직까지도 당신 잘난 줄이나 알고!"

마디나는 이제 아예 울다 못해 웃기까지 한다. 요란하고 조야한 옷차림의 그날도, 고상하게 성가대의 노래를 듣던 그날도, 편한 차림새로 요리를 하던 그날도 상상하지 못했던 있는 그대로의 모습이다.

이 사람은 아마 나의 제안보다 더 나은 거래를 떠올리지 못할 것이다. 그럼에도 이렇게 생떼를 부릴 만큼 나의 죽음을 슬퍼해주는 것일까. 아니면 루벤과의 이별을 받아들이지 못하는 것일까. 그 어느 쪽의 비중이 더 클지에 대해서는 가늠하지 않기로 했다.

"제가 무엇을 하면 되겠습니까? 말씀해주시면 제가 그 계획의 실현 가능성을 따져본 뒤 타당하다는 결론이 나오면 얼마든지 따르겠습니다."

"두단을 죽여! 네 잘난 거래에 감히 나와 내 아들을 걸지 말라고!"

"마디나. 실현 가능성을 따져봐야 합니다."

"두단을 죽이라고! 왜 내 말을 안 들어? 내가 처음부터 말했잖아. 당신을 만난 바로 그날 그 순간부터 이렇게 애원하잖아! 두단을 죽여!"

"마디나……."

웃음도 울음도 그친다. 떨림도 진정된다. 이제까지 흘린 눈물로 더없이 맑아진 눈동자가 나를 응시할 뿐이다.

"왜 그렇게 두단의 목숨에 연연하는 겁니까? 저는 그 사람을 죽일 수 없습니다. 저의 의지 때문이 아닙니다. 제 능력으로는 불가능하기 때문입니다."

"그 새끼는 나를 강간했어!"

그리고 그 눈동자에는 독기가, 아니 살기가 어려 있다.

"알고 있습니다. 모르지 않습니다. 안타까운 일입니다. 있어서는 안 될 일이었습니다. 그를 죽이고 싶은 당신의 마음은 납득할 수 있습니다. 하지만, 하지만, 마디나. 지금은 계산을 해야 합니다. 루벤이 있지 않습니까? 당신의 복수심 때문에 루벤이 위험에 처했습니다. 루벤은 이미 한 번 당신이 주도한 납치가 실패해 행성에 버려졌고 이제는 암살자마저 붙었습니다. 이룰 수 없는 복수를 위해 모든 것을 잃어서는 안 됩니다."

"그리고 내 아들을 강간했어!"

시간이 멈춘다.

"나를 강간한 것은 참을 수 있어. 네 말대로! 네 말대로 내 아들을 위해서라면 그까짓 것쯤, 누가 내 보지에 침 한번 뱉었다고 생각하면 그만이야. 한번 물로 헹궈내면 그만이라고. 하지만 내 아들을 건드려선 안 돼. 내 아들을 건드린 새끼는 그 새끼가 누구든 죽여야 해!"

잊혔던 퍼즐 조각들이 들어맞기 시작한다.

"두단을 죽여!"

모든 것이 납득이 된다. 마디나가 어째서 아들을 납치하는 자작극까지 벌이면서 두단으로부터 아들을 멀어지게 하려고 했는지. 자신과 아들이 정쟁의 한복판에 떨어질 것을 각오하면서까지 보호자인 두단을 죽이려고 했는지. 왜 결혼식에 있었던 테러에서 다른 누구도 아닌 두단부터 의심한 것인지.

마디나에 대해서만 납득이 가는 것도 아니다. 두단도. 두단도 마찬가지다. 두단이 어째서 아들이 적대 세력의 손에 떨어지기를 두려워했는지. 왜 만약의 경우에는 그렇게나 사랑하는 아들임에도 가차 없이 죽여야 한다고 명령을 내렸는지. 패밀리를 적대하는 세력에서 그의 아들을 그렇게나 간절히 원하는 이유가 무엇인지.

두단이 루벤을 위협한다는 마디나의 주장에 내 의문은 하나였다. 사랑하는 아들을 죽여야 할 이유가 무엇인지. 하지만 답은 이미 질문 안에 있었다. 사랑하는 아들은 그 자체로 죽어야만 하는 이유였다.

"그 새끼를 죽여야 해!"

이제껏 마디나가 했던 말들이 떠오른다.

'내가 죽이고 싶은 사람은 두단이니까.'

'이 아이의 후견인 자리를 노리는 사람이라면 최소한 아이를 죽이려고 들지는 않겠지요.'

'감사할 것 없어요. 이쪽으로서도 선택의 여지가 없었으니까.'

'두단이에요. 두단이라고요!'

마디나를 보며 했던 생각들도 떠오른다.

'두단이 나름의 배려를 하는 모습에도 마디나는 질겁한 표정으로 말없이 고개만 끄덕인다.'

'하지만 마디나만큼은 다르다. 이 여자의 눈에서 독기마저 느껴진다. 직전까지의 그 겁먹은 표정은 순식간에 사라졌다. 초식동물이든 육식동물이든, 새끼를 지켜야만 한다는 보호본능은 언제나 공격적으로 돌출된다.'

'마디나는 새끼를 품은 고양이처럼 신경을 날카롭게 곤두세우고 있었고.'

두단의 태도도.

'그때 이후로 처는 신경과민이 되어서 나를 자기와 아들의 적이라고 생각을 해.'

'처가 데리고 나갔겠군. 원래도 그랬지만 요즘엔 한사코 곁에서 떼어놓을 생각을 하질 않지.'

'어때. 제법 귀엽지?'

'내 자식이라는 이유만으로 그 아이에게 패밀리를 물려줄 생각도 없어.'

227

'네가 마디나와 잤느냐 자지 않았느냐, 마디나한테 관심이 있느냐 없느냐는 별로 중요한 문제가 아니야. 알겠어?'

'그리고…… 죽을 거 같으면 죽여. 알겠어?'

'그 아이가 패밀리와는 떨어져 살면서 행복하게 살길 바라는 마음도 있지만, 루벤과 패밀리를 고르라면 나는 패밀리를 고를 거다. 알겠어?'

'루벤을 죽이라고.'

'착한 아이고, 내 자식이야. 이 세상의 누구보다 사랑한다.'

나의 오해도.

'나는 두단의 눈에서 죄책감을 읽었다.'

'피도 눈물도 없는, 피도 눈물도 쥐어짜내는 이 행성의 지배자가 아들에게는 이렇게 다정할 수 있다니.'

'내가 방금 그 원인을 착각했던 나에 대한 존중도 아내가 아닌 아들을 맡길 사람이라는 입장에서 온 존중이었을 것이다.'

'패밀리의 두목이라고는 생각할 수 없는. 영락없는 아버지의 모습이다.'

'무엇보다 마디나가 이야기한 것과 달리 두단은 아내에게 질렸다는 이유로, 아들이 만족스럽지 못하다는 이유로 처리할 정도로 머리가 나쁜 사람으로 보이지는 않는다.'

'두단의 굳은 얼굴도 루벤의 앞에서만큼은 조금 부드러워진다. 언제나 힘을 한가득 주고 있던 두터운 턱이 미소로 풀어진다.'

루벤의 모습도.

'안 괜찮으면 내가 위로해줄까?'

'하지만 아빠는 힘들 때마다 위로해달라고 했어.'

천주님. 어째서.

'하지만 아빠는 힘들 때마다 위로해달라고 했어.'

저 아이에게.

"두단을 죽여요."

천주님.

26

눈이 내리기 시작했다. 나의 시야에 비춰진 것은 아니다. 뇌에 집어넣은 임플란트로 수신되는, 내 장난감 병정의 카메라로 눈이 내리는 풍경을 보고 있다. 성야제도 끝나고 이제 행성 혜론은 긴 겨울에 돌입할 것이다. 그 겨울의 시작을 알리는 눈이다.

발자국이 걱정이다. 이대로 눈이 쌓인다면 나갈 때 내 발자국이 남을 테니까. 계획을 바꿔 조금 일찍 나가는 선택지도 고민을 해본다. 하지만 고민 도중 그만 웃어버리고 말았다. 이 저택에서 죽을 생각을 하고 들어왔으면서 나갈 때의 발자국을 걱정하다니. 아직은 현실 인식이 모자란 모양이다.

어둠 속에서 몸을 웅크리고 앉아 지난날을 반추한다. 그렇게 봐줄 만한 인생도 아니었다. 굳이 아까워할 목숨이 아니라는 재확인만 할 뿐이다. 지루함을 던져버리기 위해 장난감 병정들의 위치를 다시 한번 체크한다. 이번 작전을 위해 진군시킨 장난감 병정은 백 단위. 하나하나 번갈아가며 시선을 공유하는 것만으로도 제법 시간이 흐른다.

저택의 인원은 대부분 잠이 들었다. 야간조 몇 명이 지키고 있는 방을 제외하고는 죽은 듯이 고요하다. 장난감 병정이 바라보는 시야에는 그저 어둡게 불이 꺼진 방들만 들어온다. 나는 다시 한번 동선을 확인하고 장난감 병정의 우선순위를 재정비한다.

이 저택의 내부는 마디나가 알려준 정보와 큰 차이가 없다. 내가 작정하고 덤벼들었어도 이만큼의 정보를 모아놓기는 어려웠을 것이다. 항상 유동적으로 전환되는 경비원들의 명단 정도를 제외하면 잠입에 필요한 내용은 모두 다 구한 셈이다.

통. 통.

쓰레기통 뚜껑을 열고 밖으로 나왔다. 오랜만에 맛보는 신선한 공기다. 커다란 정원에서만 느낄 수 있는 시원한 바람이다. 며칠 전 호텔에서 거닐었던 정원도 제법 공을 들여 구성된 공간이었지만 그 정원은 어디까지나 숙박객들의 만족을 위해 조형되어 있었다. 하지만 지금 내가 걷고 있는 이 정원은 다르다. 그저 이 저택의 주인을 위해. 이 성의 주인을 위해 소규모 인원만이 안락하게 머물 수 있는 공간이다.

나무들은 큼지막하게 자랄 수 있도록 그 사이사이가 여유 있게 배치되었고 별다른 장식이나 소품이 없이도 만족할 수 있도록 고풍스럽게 구성되었다. 비록 지금은 늦은 밤에 눈마저 내리고 있지만 맑은 날씨라면 넓은 하늘도 만끽할 수 있을 것이다. 여러모로 역사와 전통을 느낄 수 있는, 하루의 몇 시간을 걷더라도 365일 내내 질리지 않을 정도로 아름다운 정원이다. 사람을 죽이기 위해 걷는 것만 아니었다면 더 좋았을 테지만.

그렇다. 이곳은 두단의 저택이다. 나는 오늘 두단을 죽일 것이다.

* * *

이곳에 들어오는 일은 크게 어렵지 않았다. 두단의 저택은 외진 산간에 성처럼 서 있다. 여러 가지 안전을 고려해 쌓아 올린 패밀리의 아지트다. 하지만 아무리 철통같은 보안으로 지키는 곳이라도 쓰레기는 나온다. 내가 노린 지점도 바로 여기다.

만약 도시에 위치했다면 쓰레기 따위야 건물 시설 안에서 하수 시스템을 통해 자연스레 처리가 되겠지만 이렇게 외진 곳까지 그런 설비를 설치하기에는 가성비가 영 맞지 않다. 그리고 무엇보다 이 저택에서 버려지는 쓰레기 중에는 인간의 시체도 있다. 그러니 내부적으로 청소업체를 하나 만들어서 그 안에서 해결하는 것이 가장 간단한 선택지다.

　그 시스템을 이용하니 이곳에 들어오기란 손바닥 뒤집듯이 간단했다. 청소업체 차에 올라탄 뒤 인부를 조종하여 내가 숨어 있는 쓰레기통을 그대로 저택 안으로 옮기도록 명령했다. 그다음으로는 나의 장난감 병정 부대를 진군시켜 저택의 곳곳에 배치, 밤이 되어 최대한 사용인들이 적은 시간을 노려 이렇게 정원으로 나온 것이다.

　무엇보다 이곳에는 경비용 드론이 없다는 점이 잠입을 쉽게 만들어주었다. 두단만큼의 부자라면 화기가 장착된 채로 저택을 경비하는 드론 정도야 100기든 200기든 구매할 수 있었을 것이다. 하지만 뒷골목에서 일하는 사람일수록 그런 드론은 사용하지 않는다. 기계는 주어진 명령대로 따른다는 점에서 믿을 수 있다. 하지만 그 주어진 명령을 누군가 가로채는 해킹의 위험이 크다.

　두단의 저택을 맡고 있는 경호 팀은 감지형 퀑과 몇몇의 전투 요원들로만 이루어져 있다. 기계와 달리 사람은 믿을 수 없다. 하지만 사람은 권력으로 얼마든지 조정하고 다스릴 도구들이 있다. 그리고 두단은 그 도구들을 무척 많이 갖고 있는 사람이다. 상대가 누구든 패밀리와 엮인다면 그는 두단이 조종하는 보이지 않는 실에 묶이게 된다. 마디나가 그랬고 나 역시 그랬다.

이제까지 완벽하다고 여겨진 두단의 경호 팀에 유일한 천적이 있다면 바로 나일 것이다. 나는 인간을 해킹하니까. 저택 일대를 감시하던 감지 계통의 큉은 잠재운 지 오래고 모니터실도 장악을 마쳤다. 이제는 그저 곳곳에 뿌려놓은 장난감 병정의 시야를 통해 밤을 지새우는 경호 팀과 마주치지 않도록 동선을 조정하는 일만 남았다.

나는 두단을 죽일 수 있다. 여기까지는 놀랄 일이 아니다. 사람이 사람을 죽이는 것은 방법만 알면 놀랄 정도로 간단하다. 그저 그 사람을 죽일 수 있는 시간과 장소를 찾아내고 그 상황을 만들어내고 기다릴 인내심만 있다면 말이다.

그렇다고 내가 마디나에게 거짓말을 한 것은 아니다. 나는 여전히 두단을 암살할 수는 없다. 모든 암살은 살인이지만 모든 살인이 암살인 것은 아니다. 암살은 단어 그대로 어둠 속에 숨어서 사람을 죽이는 일이다. 그 죽음이 어떻게 이루어졌는지의 정보와 그 이후의 상황 전개를 통제할 수 없다면 암살로서는 실격이다. 무의미한 테러가 될 뿐.

나는 여전히 두단을 죽인 뒤 일어날 일을 감당할 능력이 없다. 살인자가 될 나와 살인을 의뢰한 마디나를 패밀리의 보복으로부터 지킬 방법도. 범인이 누구고 방식이 어떠했는지 조작하고 꾸밈으로써 상황을 수습해줄 뒷배도 없다.

하지만 상관없다. 앞으로 있을 일은 암살이 아니라 단순한 사적 구제이자 정당방위일 뿐이다. 그로 인해 남은 결과가 행성 전체의 혼란과 나와 관계된 모든 이들의 비참한 죽음일지라도 상관없다. 복수란 원래 그런 것이다. 복수하는 사람도 복수당하는 사람도 모두 불타버려서 아무것도 남지 않는 것이야말로 복수가 지향하는 가장 이상적인 결말이다.

정원에서 출발한 뒤 순식간에 두단의 침실 문 앞에 도착했다. 작은 호텔이라고 해도 믿을 수 있을 정도로 커다란 저택이기는 해도 결국 사람 한 명을 위해 지어진 건물이다. 오래 걸릴 일이 아니다. 하지만 문제는 여기부터다. 마디나의 정보에 따르면 두단은 잠들기 전 침실 문을 잠근다. 열쇠가 없지는 않지만 그 열쇠를 갖고 있는 경호원이 어디 소속의 누구인지는 밝혀내지 못했다. 그저 저택 바깥에 비밀 경호 팀이 있어서 저택에 무슨 일이 생길 경우 증원된다는 사실을 알아낸 것까지가 한계였다.

오늘 내가 저지를 살인이 암살이 아닌 것도 열쇠가 없기 때문이다. 평소라면 어떻게든 방 안에 들어갈 방법을 찾아내지만 이번에는 그럴 시간이 없었다. 결국 폭탄으로 문을 부수는 수밖에 없다. 문이 부서진 순간 경보가 울려 저택 외부, 내부의 킹들이 침실로 덤벼들 것이고 내가 아무리 발버둥 치더라도 패밀리의 고위 간부를 경호하는 킹 부대를 상대해낼 가능성은 없다.

그렇다면 작전의 성패는 시간싸움에 달려 있다. 경호원들이 오는 것이 먼저냐, 내가 두단을 죽이는 것이 먼저냐. 문에 폭탄을 설치하기 전에 심호흡을 몇 번 한다. 집중해야 한다. 발소리를 죽이고. 숨소리를 멈추고. 문가로 다가간다.

"정신 사납게 얼쩡거리지 말고 어서 들어와. 문은 열어놨으니까."

식은땀이 흐른다. 시간이 멈춘 것처럼 고요하다. 내 귀를 의심한다. 하지만 이 의심을 지속하기에는 그 목소리가 너무나도 명료하고 날카롭게 고막에 새겨진다. 두단의 목소리다. 중저음의, 멀리까지 울려 퍼지는 라르고.

나는 천천히 문고리를 잡았다. 함정일지 모른다는 생각이 뇌리를 스친다. 어처구니없는 걱정이다. 이곳은 두단의 저택이다. 함정 따위 준비할 필요 없이 그저 내 목을 치면 그만이다. 문고리를 당겨 문을 연다.

"예상보다 늦었군. 빨리 문이나 닫아. 그러다 누가 보기라도 하면 어쩌려고?"

침실 안에는 두단이 있었다. 행성 헤론의 숨은 지배자는 그 악명에 어울리지 않게 편안한 차림새를 하고 있지만 위압감만은 여전하다. 나는 방문을 닫고 안을 둘러본다. 침실이라기보다는 사무실이라고 불러도 될 정도로 정신 사납게 어지럽혀져 있다. 어설프게 장식용 책장으로 자리를 낭비하지도 않았다. 그저 그래프와 도표가 빼곡한 스크린 대여섯 개가 여러 주전부리와 술잔들 사이사이로 데스크 위에 띄워져 있을 뿐이다. 그리고 두단은 그 앞에 앉아 있었다.

두단은 자리에서 일어나 옷을 벗는다. 큰 체구는 아니지만 통뼈에 단단한 근육질이라 함부로 주먹 다툼을 할 생각은 들지 않는다. 저 늙은 투견은 내가 옆에 있건 없건 신경도 쓰지 않고 옷장을 열어 옷을 꺼내 입는다. 꽤나 맵시 있는, 패션을 아는 사람이라면 감탄이 절로 나올 명품이다.

옷을 입은 다음으로는 거울을 보며 옷매무새를 정돈하고 이런저런 단장을 더한다. 나는 어느새 주도권을 완전히 잃고 그 모습을 바라볼 수밖에 없었다. 내가 여기에 와 있음을 알고 있었다는 것부터가 이미 내 작전이 실패했다는 이야기이다. 그런데도 두단은 도대체 무슨 생각을 하고 있는 것인가. 방 안을 채우는 은은한 향에 그제야 제정신이 돌아온다. 두단은 향수를 살짝 뿌리고는 다시 자리로 돌아가 앉는다.

"시작하기 전에 이것부터 읽어."

스크린 하나가 나를 향해 날아온다. 아까부터 테이블 위에 있던 서류다. 이 만남은 아마 오래전에 계획되었던 모양이다.

27

"이 서류는 뭡니까?"

"뭐긴 뭐야. 유언장이지."

두단의 얼굴은 피로로 가득하다. 하지만 암살자에게 자신의 유언장을 넘긴 사람의 표정으로는 보이지 않는다. 되레 이제 야 안심했다는 것처럼, 긴장이 조금 풀리기까지 한 모양이다.

나는 내 얼굴 앞으로 날아온 스크린을 천천히 내려가며 문 서를 정독했다. 그 내용은 정말로 유언장이었다. 특히나 몇 군 데에는 두단 본인만이 알 수 있는 사실을 고백하고 있어, 이 문서를 읽은 사람이라면 그 누구라도 진위를 의심하지 않을 것 같았다.

"네가 준비한 게 있어도 내 걸 읽어. 내가 더 잘 썼을 테니까."

"없습니다. 이런 상황은 예상하지 못했습니다."

"그래? 그렇겠지. 뭐, 부랴부랴 작성해서 조금 모자란 부분은 있겠지만 이 정도면 큰 문제는 없을 거다. 변호사에게는 낮에 이미 전달해놓았으니까 다른 문제는 고민하지 마."

아니다. 많은 사람들의 유언장을 거짓으로 조작해온 나이기에 알 수 있다. 이 유언장은 무척이나 세심하게 이런저런 법리적인 문제와 사후 있을 파벌 문제를 고려한 절충안으로 가득하다. 함정으로서의 문항이 있지 않을까 두번 세번 다시 읽어보았음에도 어떠한 구멍도 발견되지 않는다.

"이대로 읽겠습니다."

"당연하지."

암살자로서의 자존심이 박살 난다. 암살 대상이 문도 열어주고 유언장도 적어두었다. 두단은 이미 죽을 각오를, 아니 죽음의 선택을 마쳤다. 어떠한 의심이나 고민도 없이. 나로서는 도대체 그가 무슨 생각을 하고 있는 것인지 짐작도 가지 않는다.

방금까지 나는 분명 그에 대한 혐오를 안고 왔다. 그를 규탄하고 비난한 뒤 어떻게든 죽여버리기 위해 이 저택에 숨어들었다. 하지만 그 강렬한 감정은 이제 방향을 잃고 헤맬 뿐이다.

"두단. 묻고 싶은 것이 있습니다."

"네 형에 대해서는 걱정하지 마. 딱히 더 수를 쓸 생각도 없었으니까. 아직 찾지도 못했고 말이야. 내가 사고가 아닌 자살로 죽으면 자동으로 탐색이 중단되기는 하겠지만 어쩔 수 없지."

"감사합니다."

"그리고 이후로는 팜에게 의지하도록 해. 나와는 누이 같은 사이다. 야망은 있지만 멈추는 법도 알아. 팜이 후원을 맡으면 군소리를 하는 사람은 없을 거야. 원래 내 처와 사이가 가깝기도 했고, 처도 팜은 믿고 있거든."

"팜이 이 모든 일의 배후에 있다고는 의심하지 않으셨습니까? 마디나가 루벤을 납치하는 자작극을 벌였을 때 상담했던 사람이 팜이었습니다."

두단은 껄껄 웃는다. 이렇게 속 편하게 웃는 모습이라니. 죽음을 앞두고 모든 부담을 덜어버린 것처럼 보일 정도다. 그러고는 병에 든 술을 잔에 살짝 따른 뒤 입을 축인다. 아마 다른 장소, 다른 상황이었다면 나 역시 그를 따라 슬쩍 웃었을지도 모르겠다.

나 역시 팜을 의심하는 것은 아니다. 그저 주도권이 두단에게 있는 현재 상황을 흔들어보기 위해 일단 두단이 모르고 있을 만한 사실을 하나 던져보았을 뿐이다.

"장난치기는. 속이고 싶으면 조금 더 정확하게 덫을 놔야지. 마디나가 팜과 상담을 한 것은 납치 사건을 벌였을 때가 아니라 그 사건을 저지른 뒤 수습이 되지 않아 겁을 먹었을 때야. 애초에 마디나에게 팜을 붙여준 사람은 누구였겠어? 나와 팜이 아니었다면 루벤은 진짜로 죽었을 거야. 마디나가 의뢰한 양아치들이 끌고 갔던 그 이상한 행성에서 말이야."

"그랬습니까."

"무엇보다 나와 팜은 한패라고. 내가 아까 누이 같은 사이라고 하지 않았나? 원래 우리가 계획하고 있던 패밀리의 다음 세대는 팜의 아들이었지. 그, 결혼식에서 폭사한 녀석. 너는 제대로 만나본 적이 없어서 모르겠지만 그렇게 죽기에는 아까운 놈이었어."

달그락, 하고 얼음이 잔에 부딪힌다. 두단은 천천히 술을 음미하며 회상에 잠긴다. 많은 것이 설명되는 정보였다. 두단과 팜의 관계. 팜과 마디나의 관계. 두단이 결혼식에 직접 참가하지 않은 이유도 아마 이 물밑에서 진행되는 계승 작업을 들키지 않기 위해서였을 것이다.

패밀리의 권력이 한 점에 집중될 수 있었던 이유는 후계자 경쟁이 본격적으로 진행되지 못했기 때문이다. 두단이 가장 유력했던 후보인 루벤을 후계자로 삼지 않겠다고 공언하여 그 경주에서 일찍 탈락시킴으로써 말이다.

"그럼 이제 시작해도 되겠습니까?"

"멍청아, 잔은 비워야지."

"알겠습니다."

"서두르지 마. 이미 네 손에 죽으려고 준비를 다 마쳤는데 마지막 잔 정도는 즐기게 내버려두라고. 패밀리를 위해서라면 내 목숨도 아깝지 않다고 했잖아. 믿지도 않았지?"

"그렇습니다."

"믿기 어려울 만하지. 내 앞에서 그런 말을 했던 놈들 중에도 그 의미를, 그 무게를 알았던 사람은 아무도 없었어."

늙은 투견은 얼마 남지 않은 술을 단숨에 들이켠다. 미련이 남은 것으로 보이지는 않는다.

"패밀리를 안정시키고 행성 헤론의 지배를 공고히 하는 것이 내 사명이라고 믿었지. 하지만 아니었어. 내 계산이 너무 짧았다. 그저 이제는 내가 물러날 차례가 온 거야. 내 아버지가 그랬고 내 아버지의 아버지가 그랬던 것처럼. 자, 시작하자고."

두단은 다시 한번 옷매무새를 가다듬고 의자에 앉은 자세를 똑바로 고친다. 아마 두단이 가장 아끼는 옷을 입었고 가장 그의 취향인 향수를 뿌렸을 것이다. 인생의 대미를 장식하기에 알맞은 차림새를 하기 위해서 말이다.

오히려 미련이 남는 것은 나다. 엉망진창의 우발적인 살인을 준비하고 와서, 이렇게나 정밀하게 짜인 자살의 도우미가 되리라고는 상상도 하지 못했으니까. 김이 빠져 허탈감이 느껴질 정도다.

"마지막으로 하나만 여쭈어도 되겠습니까? 방금 질문하려다 하지 못한 이야기입니다."

"뭔데?"

"왜 저입니까? 당신의 손으로 직접 해도 될 일을, 어째서 저를 기다리면서까지 이렇게 준비를 하신 것입니까?"

"멍청한 녀석. 이 판국에 와도 천지 분간을 못 하고."

"죄송합니다."

"됐어. 너도 어느 정도는 알아두는 편이 좋을지도 모르지."

두단은 짧게 으르렁거린다. 저 오만한 폭군이 곧 내 손에 죽기로 작정한 사람이라고는 누구도 믿지 못할 것이다.

"버블을 보낸 뒤에야 고엘 정교회와 관계를 맺은 내부자가 누구인지 파악했어. 너무 늦게 알아내는 바람에 상황이 꼬였지. 하지만 어쨌든 지금 이 대국은 그 내부자가 전부 주도하고 있어. 내가 죽는 이유도 그거다. 내 패배는 패밀리를 더 강하게 만들 테니까."

"그렇습니까."

"그리고 나는 네 손에 죽어야만 해. 이제 슬슬 그 정도 계산
은 할 줄 알아야지. 네가 손에 피를 묻혀야만 한다고. 나 혼자
벌러덩 고꾸라져봤자 아무런 팻감이 되지 않아. 지금은 입을
닥치고 있어야겠지만 언젠가 네가 나를 죽였다는 것이 무기
가 될 날이 올 거야."

"……알겠습니다."

두단은 장난감을 새로 선물받은 어린아이처럼 웃는다. 순
박하고 해맑은, 마음 깊숙한 곳에서부터 우러나오는 지복의
미소다.

"이제 행성 헤론은 대혼란일 거야. 시끄러운 세상이 되겠
지. 온갖 멍청이들이 제 분수도 모르고 기회가 왔다면서 날뛸
테고. 그 우스꽝스러운 촌극을 내 두 눈으로 직접 보지 못하는
것은 아쉽지만, 어쩔 수 없지. 너라도 날 대신해서 그 꼴을 만
끽하라고."

아주 짧은 침묵이 오간다. 두단은 내가 그를 조종하기만을
기다리고 있었고, 나는 무슨 말을 해야 할지 알 수 없었다. 두
단은 말없이 스크린을 띄우고 녹화를 준비한다. 나는 손을 들
어 그의 몸을 조금씩 잠식했다.

"처를…… 마디나를 부탁하지."

다른 누구도 듣지 못할. 나만이 들을 수 있는 그의 마지막 유언이었다.

28

　호텔로 돌아오는 길이 꿈만 같다. 기쁘다는 이야기는 아니다. 꿈에는 악몽이라는 것도 있으니까. 하지만 지금 나의 문제는 이 비현실적인 상황을 반기거나 무서워하거나 어느 쪽도 모르겠다는 것에 가깝다.

　앞으로는 그저 복마전이다. 실이 엉키고 엉켜 누가 누구를 조종하는지도 알 수 없는 그런 엉망진창의 무대만이 남았다. 어떻게든 루벤과 마디나를 지켜야 한다는 의무감만이 남았다. 이제 퇴로는 없다. 이렇게까지 패밀리의 일에 깊숙하게 개입한 이상 암살자로의 복직도 도시 한량으로의 복귀도 모두 불가함이다.

　드웨이트를 찾는 것도 결국 이다음의 일이다. 만약 상황이 잘 풀려서 루벤과 마디나를 잘 보필하고 패밀리 안에서 나의 입지가 어느 정도 확보되기만 하면 사람을 찾는 정도야 어린 애 팔목 비트는 수준의 일이다.

호텔 로비에 들어서고 방으로 올라가는 엘리베이터 안에서 나는 루벤과 마디나를 지키기 위해 내가 할 수 있는 것과 해야만 하는 것을 정리하기 시작했다. 두단이 나에게 넘긴 것은 유서만이 아니었다. 패밀리 안과 밖의 연관된 이들에 대한 여러 자료가 있었다. 그리고 나를 팜에게 보내는 소개장도 있었다. 우선은 이 카드를 써야만 할 것이다.

"마디나. 돌아왔습니다."

문을 열고 방 안으로 들어갔다. 다행히 약속한 시간까지 맞춰서 돌아올 수 있었다. 평소라면 임무를 마친 뒤 바로 통화를 했겠지만 해킹의 위험 때문에 별다른 연락을 하지 않기로 정했다. 나도 마디나도, 암살이 성공할 경우를 준비하기에는 그저 회의적일 수밖에 없는 상황이었다.

하지만 호텔 방 안은 그저 고요하다. 마디나는 분명 여기 있어야 할 텐데. 아무런 답변도 들리지 않는다. 숨을 죽인다. 촉을 세운다. 냄새를 맡아본다. 냄새가 난다. 사건의 냄새가. 너무나도 깔끔하게 정돈되어 빈틈이라고는 느껴지지 않는 이 방 안의 공기는 분명 어떤 사건을 암시하고 있다.

'마디나…… 마디나. 루벤……!'

나는 최악의 상황을 각오하고 침실로 달려갔다. 이미 문을 열고 돌아왔다고 말소리를 낸 이상 발소리를 죽이고 말고 할 것도 없다. 이제 겨우 어떻게든 한 고비를 넘겼다고 안도한 이 순간에 도대체 어째서.

그리고 벌컥, 거센 기세로 문을 열자 그곳에는.

"아저씨. 시끄러워."

어디서 구한 것인지 모를…… 어린아이의 옷맵시라고 믿기지 않을 만큼 옷 선이 날카롭게 정돈된 정장 차림의 루벤이 서 있었다.

"미안…… 미안하다. 잠깐 당황했어."

"어린애도 아니고, 뭐 하는 거야?"

"돌아왔는데 아무도 대답을 하지 않아서……. 어머니는 어디 가셨지? 그리고 그 옷차림은 뭐니? 어울리는구나. 그런 옷이 있는 줄은 몰랐는데."

"아, 이거?"

루벤은 까르르 웃고는 런웨이의 모델처럼 한 바퀴 턴을 한다. 칭찬받은 것이 기쁜 모양이다. 아니, 하지만 지금 중요한 것은 그게 아니라.

"팜이 두고 갔어. 다행히 팜한테는 결혼식 때 축가를 준비하면서 재놓은 내 치수가 있었거든. 예정대로라면 내가 링 베어러까지 했을 테니까 꽤 괜찮아 보이게 신경을 썼지. 뭐 겉보기뿐이기는 하지만 원래 뭐든 시작할 때는 겉보기가 중요한 거 아니겠어?"

시작? 뭐를?

"어머니는…… 마디나는 어디에 있지?"

"마디나는 휴양지로 보냈어. 거기서 안정을 취할 거야."

어디선가 들었던 말이다. 그래. 맨 처음 두단의 입에서 들었던 말. 마디나는 이제 휴양지로 보내 요양을 시키겠다던. 도대체 지금 이 상황은. 루벤은. 어째서 검지에 너무나도 낯익은. 행성 헤론에서 살고 있는 이라면 누구나 알고 있을 저 반지를 끼고 있는 것인가.

하나의 가설이 떠오른다. 아니, 하나의 가설만이 남는다.

"너구나."

"응."

"너였어."

다리에 힘이 풀린다. 나는 침실 한 켠에 놓여 있는 의자에 그만 쓰러지듯 주저앉고 말았다. 그런 나를 보며 루벤은 배시시 웃는다.

"아저씨. 아저씨는 춤을 진짜 못 춰."

250

* * *

　사건의 중심에는 언제나 루벤이 있었다. 루벤은 성배였다. 그렇기에 의심하지 않았다. 무엇보다 어린애였다. 천진난만하고. 철없고. 장난치기를 좋아하고. 사랑을 듬뿍 받으며 자랐음이 분명한. 어린애였다.

　루벤은 결혼식장에서 폭탄이 터진 순간 폭심에 가까이 있었으면서도 유일하게 다치지 않았다. 결혼식장에서 누구의 의심도 받지 않고 폭탄을 설치할 수 있는 사람을 꼽으라면 루벤은 최상위권일 것이다. 이번 소란의 주요 인물 중 성가대로 활동하면서 유일하게 고엘 정교회와 지속적인 관계를 맺고 있기도 했다. 마디나가 납치라는 위험한 자작극을 벌여야 했던 이유도 루벤이었다. 두단이 되찾고 싶어 하면서도 만약의 경우에 죽여야만 하는 대상도 루벤이었고. 내가 그렇게나 흔적을 지웠음에도 우리의 행적을 고엘 정교회에 알릴 수 있는 사람도 루벤이었다.

　두단은 고엘 정교회와 연결된 내부자가 누구인지 알아냈다고 했다. 그러고는 일말의 고민도 없이 그 내부자와 겨룰 생각을 버리고 자살을 택했다. 두단은 패밀리를 위해서라면 뭐든지 할 수 있었다. 아들도 죽일 수 있었고 자신을 죽일 수도 있

었다. 그런 그가 이렇게 맥없이 항복 선언을 한 이유도. 루벤
이라면.

자신의 친아들이 배신자이자 역모의 주범이었다면. 진실
인지 거짓인지 알 수 없으나 자신을 강간범으로 몰아갈 수 있
는 강력한 계승권자라면. 패밀리는 분열하고 두단은 결코 이
길 수 없는 싸움을 하게 되었을 것이다. 무엇보다도 패밀리가
우선인 두단이라면 자신의 죽음을 선택하는 것은 합리적이다
못해 불가결하다.

이제 후원자를 자처하는 수많은 세력들이 루벤에게 몰려들
것이다. 그리고 누군가는 그들 중에서 옥석을 가려낼 것이다.
이 과정에는 고엘 정교회의 든든한 백업과 팜을 비롯한 패밀
리 간부들의 물심양면 가리지 않는 지원도 있을 것이다.

두단의 죽음은 패밀리에 혼란을 부를 것이다. 하지만 그 혼
란은 일종의 가지치기를 위한 밑 작업에 불과하다. 더 아름답
게 꽃을 피우기 위한 전초 단계다.

"언제부터였지?"

"언제부터라니, 뭐가?"

"어디부터가 거짓이고…… 어디까지가 진실이었어?"

"에이, 질문이 조야하다."

이전까지 내게 루벤은 마디나의 아들이었다. 하지만 지금

은 다르다. 두단의 아들이다. 어머니를 닮아 꽃과도 같은 얼굴을 하고 있지만 아버지를 닮아 맹수의 기질을 가진. 장밋빛 머리칼에 흑단의 피부와 곱상한 미소로 무언가를 감춘.

"네 어머니, 마디나는 너를 위해…… 목숨까지도 걸었지."

"맞아."

"나 역시 억지로 떠밀리다시피 했지만…… 나 또한 목숨을 걸었다."

"응."

짝짝. 비아냥거림으로 가득한 알레그로의 박수.

"하지만 시간과 방식의 문제였지 언젠가는 이렇게 될 일인 것도 알고 있었잖아. 마디나는 두단에 의해서든 자발적으로든 아들 곁을 떠나야만 했을 거야. 아저씨야말로 누구보다도 바로 그 선두에 서서 마디나를 보내려던 사람 아니었어? 게다가 아저씨는 언제 어느 때라도 고꾸라져 죽을지 모를 암살자잖아."

미소를 짓는다. 하지만 방금까지의 그 이죽거림은 없다. 오히려 나와 마디나를 동정하고 미안하다는 듯한 웃음이다. 나의 실망한 표정을 보았기 때문일까. 그리고 그 웃음이야말로 우리 사이에 놓인 간극을, 격차를 보여주는 웃음이었다.

루벤은 맞은편 침대 위에 걸터앉았다. 그러고는 조금. 아주 조금 긴 이야기를 시작했다.

"고엘 정교회에서는 말이야. 어디까지나 일부 종파에 한정된 이야기이기는 한데. 별의 목소리를 따르는 사람들이 있어."

"별의 목소리……?"

"응. 언젠가. 아주 가끔이지만. 별이 말을 걸 때가 있다고 해. 아니, 사실은 항상 그래. 그저 많은 사람들이 그 목소리를 듣지 못하고 있을 뿐이야."

별로 특이한 이야기는 아니다. 고엘 정교회에서 별의 움직임은 천주의 의지 그 자체다. 자연이라는 거대한 에너지의 흐름은 우주의 순리이자 삶을 이루는 모든 것이기도 하다. 하지만 이건 어디까지나 종교적이고 추상적인 영역의 교리다. 그런데 미묘하게 거슬리는 지점이 있다. 루벤은 별의 목소리를 추상적인 개념이 아닌, 실존하는 무엇인 것처럼 말했다.

"그리고 별의 목소리를 들은 사람들이 있어. 행성 고유 펄스와 동기화를 한 적이 있는…… 그럼에도 매몰되지 않은."

"왜 지금 고엘 정교회의 사이비 분파 이야기를 하는 거지?"

"왜냐하면 그 사이비들이 규율상 나를 따라야만 했고 내 명령을 듣느라 벌어진 일이니까. 그들은 나 같은 사람들을 일컬어 별의 목소리로 노래하는 자라고들 해."

도대체 이 아이는 무슨 이야기를 하고 있는 것인가. 어처구니없는 소리지만 내가 대꾸를 할 수 있는 내용도 아니다. 나는 그저 입을 다물지도 못하고 고엘 정교회의 주교단이 들었다면 한바탕 소동이 일어났을 저 사이비 교리 강론을 듣고 있을 수밖에 없었다.

　"관념 반물체 쿵이라고 들어본 적이 있어? 모든 것은 거기에서부터 시작되었어."

29

"관념 반물체 큄……?"

"사실 정확히 말하자면 내가 경험한 것은 조금 다르긴 해. 나는 행성 고유 펄스에 순간적으로만 동기화가 되었지만 관념 반물체 큄의 동기화는 반영구적이거든. 거기다가 도리어 행성 전체를 자신의 파장으로 오염시키기도 하고. 정교회의 광신도들에게는 달갑지 않은 경우지."

"무슨 소리인지 모르겠군."

"그럴 거야. 연구자들도 정확히 설명하진 못해. 정교회의 광신도들도 마찬가지고. 걔네들은 또 종교적으로만 해석하니까. 두단도 제대로 된 설명을 듣지 못해 분통 좀 터졌을 거야. 결국 마디나에게는 그저 납치범들은 사고로 죽어버리고 나만 외곽 행성의 황무지에 버려졌다고 설명했다지."

그래. 이 부분은 들은 적이 있는 이야기다. 마다나는 그 행성을 이상한 곳이라는 식으로 에둘러 말했다. 이렇게 자세한 정보는 알지 못했음이 분명하다.

"자연적으로, 우연에 의해 관념 반물체 퀑이 조성되는 환경이 생기는 경우가 있다고 해. 별의 목소리가 울려 퍼지는 날이라고도 하지. 행성으로서는 암 종양이 하나 생기는 일이나 마찬가지이지만 정교회의 광신자들은 그것 역시 행성의 의지라고들 하더군. 퀑 행성이 생겨나는 경우도 혹시 이와 연관되지 않을까 주장하는 학자들의 이론도 있었어. 그게 정답인지 아닌지야 내가 알 바도 아니지만."

"모르겠다. 나는 네가 무슨 말을 하는지 정말 모르겠어."

"별의 목소리를 들은 사람이 곧 별의 목소리로 노래하는 사람이 되는 것은 아니야. 멋모르고 마다나의 명령을 따라 외곽 행성에 나를 납치한 양아치들은 그 목소리를 듣자마자 미쳐버렸지. 그다음으로는 굶어 죽었고. 나만이 노래하는 사람이 되었어."

"제대로 설명을 해. 무슨 일이 있었고 그래서 네가 뭐가 어떻게 되었다는 이야기지?"

"광신도들은 그 행성에서 있었던 일을 알게 된 뒤 나에게

257

은밀히 접근했어. 익숙한 서사 아니야? 황무지에서 고행과 시련을 이겨내고 돌아온 누군가가 선지자가 되어 고통으로 가득 찬 인류를 구원으로 이끈다."

"루벤. 부탁이다."

마지막 말을 뱉으면서는 소리마저 지를 뻔했다. 나의 이 재촉에도 불구하고 루벤은 태평하게 강의를 이어나간다.

"동기화가 되면 시간 감각이 엇갈려. 하루가 천 일 같고 이틀이 백 년 같아. 큉은 물리적인 오류인 것까지는 알고 있지? 그리고 이 물리적 오류가 일정 이상으로 확장되면 시공의 축마저 일그러뜨리는 유사 특이점이 형성돼. 미쳐버린 별의 목소리를 끊임없이 들을 수밖에 없지."

"너는……."

"나는 그곳에서 천 년이나 다름없는 시간을 보냈어. 그 영겁을 견디지 못해 미쳐 죽어버린 시체들 사이에서."

"그래서……."

"맞아. 나이보다는 어려 보이지?"

루벤은 활짝 웃는다. 나는 의자에 앉은 채로 실신할 것만 같다. 도대체 저 말도 안 되는 이야기를 어떻게 믿을 수 있겠는가? 또 저 미소를 보며 어떻게 의심할 수 있겠는가?

"아저씨. 장기를 두면서 한 이야기 기억해?"

"무슨…… 그 내기 장기를 하던 날?"

"그래. 아저씨는 오래 고민한다고 더 좋은 수가 나올 것 같지는 않다고 했지. 하지만 그 오랜 고민이 천 년 정도 쌓이면 확률적으로 꽤 좋은 수가 나오기 마련이야. 그리고 나는 그 고민의 결과물이지."

"하지만 그 게임은 내가 이기고 있었어."

"체크메이트까지 세 수면 충분했어."

허풍이다. 나는 그 대국을 어느 정도 기억하고 있다. 루벤이 그 나이 또래치고는 수성을 잘한 편이기는 하지만 승부는 결정적이었다. 루벤은 스크린을 하나 띄우더니 장기 프로그램으로 넘어가 바로 그때의 대국을 재현했다. 내 기억과도 다르지 않은 배치였다.

"기사, E7."

"왕, H8."

"성, D4. 졸을 먹어."

"사제, D4. 그러면 넌……."

"그러면?"

"여왕…… H5."

"응."

루벤은 고개를 끄덕이고는 까르르 웃는다. 내가 익히 보아왔던 어린아이다운 천진한 미소다. 나는 내가 대국을 잘못 기억하고 있는 것은 아닌지 다시 반추했다. 하지만 눈앞에 놓인 장기판의 배치를 의심할 수는 없었다.

"아저씨는 졸을 다루는 법만 알지. 하지만 어디까지나 게임의 승패를 결정하는 것은 왕이야. 이기기 위해서는 왕을 조종하는 법을 알아야 해."

* * *

나는 할 말을 잃었다. 그저 스크린에 띄워진 장기판을 몇 분이고 노려볼 뿐이었다. 두말할 것도 없는 외통수다. 이걸 움직여보고 저걸 바꿔보아도 수가 보이지를 않는다. 나야말로 오래 고민을 한다고 해결할 수 있는 상황이 아니었다. 그래. 허풍이 아니었군.

두 손을 들어 보였다. 항복이다. 도대체 이 아이는. 내가 지켜야만 한다고 다짐했던 이 아이는 누구인가.

"대단한 건 아니야. 머리만 조금 좋아진 거지. 다른 사람의 마음을 읽을 수 있는 것도 아니고 시간을 되돌릴 수 있는 것도 아니야. 아, 노래는 좀 더 잘 부르게 되었나? 그리고 가끔은 머릿속에 목소리가 들려. 별의 목소리가. 결코 거절할 수 없는

유혹이. 사이비들이 나를 숭배하는 이유도 나에게 그 목소리
가 들릴 때가 있기 때문이지."

"그렇다면 이 모든 일도 다……?"

"아니. 그건 아니야. 별도 원했을지는 모르겠지만."

"하지만…… 하지만 왜? 왜 네 아버지를? 네 어머니를?"

"다들 그걸 원했으니까."

"그랬나?"

"두단은 늙고 지쳤어. 육체적으로가 아니라 정신적으로 말
이야. 모든 것이 지긋지긋해졌지. 두단의 깜냥으로는 패밀리
의 확장이 아닌 유지까지가 한계였어. 즉 패밀리에 곧 종말이
다가오고 있다는 이야기였고. 쇄신의 필요성은 느끼지만 가
능성은 찾지 못했어. 유일한 위안이었던 마디나는 더 이상 위
안이 되지 않았고. 두단이 뒈질 때, 아니 죽을 때는 어땠지?"

말실수가 민망하다는 듯이 얼굴을 찡그리고는 혀를 살짝
빼며 웃는 저 모습. 아마도 연기겠지. 아니라고 하더라도 믿을
수 없다. 나는 더 이상 이 꼬마를 두고 제대로 된 계산을 하지
못할 것이다. 언제나 의심하고 불신하겠지.

"두단은…… 만족하며 죽었다. 하지만 그것이 너의 악랄한
계획을 정당화하진 않아."

"나도 이렇게까지 잘 풀릴지는 몰랐지만. 아, 제발. 아저씨

마저 그 광신도들처럼 나에 대한 괜한 환상을 품으면 어쩌라
는 거야? 사이코패스 범죄자 같은 구시대적인 발상은 부디 접
어둬."

"그러면? 아버지를 강간범으로 몰고 조직을 인수할 계획을
짜는 사람을 뭐라고 보면 되지?"

"글쎄. 물리적으로는 그저 열 살짜리 꼬마잖아. 또래에 비
해 재주가 약간 좋아서 그렇지. 게다가 다른 사람의 감정을 이
해하지도 못하면서 이렇게 섬세한 장난을 칠 수 있을 리가 있
겠어? 엉엉. 아빠가 자살했어. 날 강간하고 사람들 눈알을 뽑
아다 알사탕처럼 씹어 먹던 아빠가 죽었어. 슬퍼. 이러길 바라
는 거야?"

루벤은 침대에 그대로 쓰러져 눕고는 날카로운 말을 뱉는
다. 하지만 그 말투와 내용과는 달리 얼굴 표정과 그 목소리에
서는 방금 전과 달리 비아냥거리는 태도가 전혀 보이지 않는
다. 오히려 나를 규탄하는 듯이 느껴진다. 이미 이 아이에 대
한 판단을 포기한다고 다짐했음에도 감정적 동요를 잠재우는
것에 실패한다.

"네 어머니는…… 마디나는? 왜 그 사람을 배신했지? 그 사
람은 너를 위해 이 행성 헤론의 지배자와 맞서는 것도 망설이
지 않았다. 나도 동조하고 협력하기는 했지만 어디까지나 어

쩔 수 없는 상황이 겹치고 겹쳤기 때문에 억지로 떠밀렸을 뿐
이지. 그러나 그 사람은…… 진정으로 너를 사랑했어."

"마디나가 이런 내 상황을 이해하고 납득할 수 있을 것 같
아? 오히려 자식을 망쳤다고 좌절만 하겠지. 하지만 마디나의
원수는 죽었고 이 별을 떠나 새 삶을 살 기회를 얻었어. 그 사
람이 원한 것은 복수고 새로운 삶이었어. 덤으로 새 남자까지.
나는 그저 그 욕망을 정당화하는 아주 좋은 핑곗거리였고."

나의 비난이 이 아이에게 가닿을 리 없었다. 내 한마디에도
그저 다시 자리에 일어나 고쳐 앉고는 저 아이가 지을 수 있
을 거라고는 상상도 하지 못했던 도발적인 눈으로 나를 바라
볼 뿐이다.

"무엇보다 누군가는 나를 통제할 수 있는 장치가 있다고 믿
는 편이 좋아."

"너한테 덤벼들 후원자들 말이구나."

"그리고 나 역시 누군가를 통제할 수 있는 장치가 있어서
나쁠 것 없고."

"누군가라니…… 누구를?"

"누구게?"

바보 같은 질문이었다. 그렇다. 두단이 나를 묶어두기 위해
드웨이트에 대한 내 죄책감을 이용한 것처럼 루벤은 마디나

에 대한 나의 동정심을 이용할 속셈이었던 것이다. 너무나도 노골적인 함정이었다. 내가 마디나를 버릴 수 있을 것이라고는 상상하지 못했을까? 나는 이미 그 사람을 버렸는데. 아니. 아니다. 하지만 나는 내가 이제는 그럴 수 없다는 것을 안다.

"그 장기를 그때 끝까지 두는 편이 아저씨한테는 더 좋았을 텐데."

"네가 갖고 싶은 장난감은……."

"응."

루벤은 이제 침대에서 일어나 나에게 다가온다. 그러고는 폴짝 뛰어올라 팔걸이 위에 앉는다. 욕심이 많다. 패밀리도. 고엘 정교회도. 암살자도. 다 갖고 싶은 욕심쟁이 꼬마다.

"아저씨는 내가 아버지처럼 제안하기를 원해?"

"그렇지는 않다."

"아니면…… 어머니처럼 확인하기를 바라는 거야?"

나는 아무 대꾸도 하지 못하고 그저 입을 다물 수밖에 없었다. 치욕감에 얼굴을 들 수도 없었다. 두단. 마디나. 루벤. 나는 도대체 어디까지 이 끔찍한 일가에 사로잡혀 있어야 하나. 인형처럼. 팔다리에 목까지 줄이 묶인 채.

루벤은 완전히 굴복한 내 얼굴을 보며 피식 웃는다.

"손."

조용히 손을 들어 보였다. 루벤은 그 손을 붙잡고는 자신의 뺨에 갖다 대고는 문지르며 체취를 남긴다. 나는 거머리에게 피가 빨리는 기분으로 겁에 질려 그 모습을 바라봤다.

루벤은 주머니에서 반지를 하나 꺼냈다. 패밀리의 증표인 그 반지를. 자랑하듯 내 눈앞에 반지를 가까이 들이대고 흔들 더니 달콤한 사탕이라도 되는 것처럼 반지를 그 작은 입에 물었다.

내 손은 이제 루벤의 입술에 가 맞닿는다. 루벤은 혀끝으로 나의 검지를 살짝 핥는다. 축축한 침에 젖는다. 다음으로는 손가락을 천천히 삼키면서 그대로 입술에 문 반지를 검지에 끼워 넣는다. 메마르고 빡빡한 반지는 침이 윤활유가 되어 조금씩 그 뿌리까지 들어간다.

"흡⋯⋯."

"참아."

이가 손가락을 긁었다. 아주. 아주 오랜 시간이 지나서야 반지는 있어야 할 곳에 가 자리를 잡았다. 모든 것이 끝나자 루벤은 자신의 침으로 질척해진 나의 검지를 혓바닥으로 한 번 더 핥는다. 살짝 깨물어 잇자국을 남기는 것도 잊지 않고 서. 마지막으로 손가락을 빼낼 때 루벤의 입술과 입술 사이 에서는 쪽, 하고 거친 파열음이 났다. 아마 일부러 낸 소리일 것이다.

"앞으로 더 많은 노래를 부를 수 있을 거야. 악기의 편성도 훨씬 늘어날 테고. 연주를 들은 사람들이라면 누구나 흥에 겨워 자리에서 일어나 춤을 추겠지. 아저씨는 어때? 아저씨도 두단이나 마디나처럼 원하는 것을 얻은 것 같아?"

루벤은 가슴팍의 주머니에서 손수건을 꺼내 끈적해진 내 검지를 천천히 닦아주고는 자리에서 일어난다. 나는 빡빡하게 끼워진 반지에 신경질적인 안도를 느끼며 방문을 나서는 루벤의 뒷모습을 바라볼 수밖에 없었다.

물리적 오류 발생 보고서: 덴마 어나더 에피소드 1

© dcdc, 2019

초판 1쇄 인쇄일 2019년 7월 23일
초판 1쇄 발행일 2019년 8월 20일

지은이   dcdc
펴낸이   정은영
편집   안태운 김정은
마케팅   이재욱 백민열 이혜원 하재희
제작   홍동근

펴낸곳   (주)자음과모음
출판등록   2001년 11월 28일 제2001-000259호
주소   04047 서울시 마포구 양화로6길 49
전화   편집부 (02)324-2347, 경영지원부 (02)325-6047
팩스   편집부 (02)324-2348, 경영지원부 (02)2648-1311
E-mail   neofiction@jamobook.com

ISBN   978-89-544-3995-4 (04810)
              978-89-544-3994-7 (set)

잘못된 책은 교환해드립니다.
저자와의 협의하에 인지는 붙이지 않습니다.

이 도서의 국립중앙도서관 출판예정도서목록(CIP)은 서지정보유통지원시스템 홈페이지
(http://seoji.nl.go.kr)와 국가자료공동목록시스템(http://www.nl.go.kr/kolisnet)에서
이용하실 수 있습니다.(CIP제어번호: CIP2019027452)